T0246368

Descubriendo a
Miranda

Ortiz, Antonio
    Descubriendo a Miranda / Antonio Ortiz, Giovanna Zuluaga. --
Edición Alejandra Sanabria Zambrano. -- Bogotá : Panamericana
Editorial, 2022.
    216 páginas ; 23 cm. -- (Narrativa Contemporánea)
    ISBN 978-958-30-6513-2
    1. Novela juvenil colombiana 2. Comunidad LGBTIQ - Novela
juvenil 3. Tolerancia - Novela juvenil 4. Matoneo - Novela juvenil
5. Adolescencia - Novela juvenil I. Zuluaga, Giovanna, 1979-   ,
autora II. Sanabria Zambrano, Alejandra, editora III. Tít. IV. Serie.
Co863.7 cd 22 ed.

Primera edición, abril de 2022
© Antonio Ortiz
© Giovanna Zuluaga
© Panamericana Editorial Ltda.
Calle 12 No. 34-30, Tel.: (601) 3649000
www.panamericanaeditorial.com
Tienda virtual: www.panamericana.com.co
Bogotá D. C., Colombia

Editor
Panamericana Editorial Ltda.
Edición
Alejandra Sanabria Zambrano
Fotografía Carátula
© Shutterstock / Rawpixel.com
Diagramación y diseño de carátula
Jairo Toro

ISBN 978-958-30-6513-2

Impreso por Panamericana Formas e Impresos S. A.
Calle 65 No. 95-28, Tels.: (601) 4302110 - 4300355. Fax: (601) 2763008
Bogotá D. C., Colombia
Quien solo actúa como impresor.
Impreso en Colombia - *Printed in Colombia*

Antonio Ortiz • Giovanna Zuluaga

Descubriendo a
Miranda

PANAMERICANA
E D I T O R I A L

"Pero mis ojos son también dos tristes idiotas.

No se dan cuenta de que no eres tú la que tienes que marcharte para que ellos te dejen de ver. Son ellos los que tienen que dejar de mirarte para conseguir no verte más".

Elvira Sastre

PRÓLOGO

Descubrir nuestra voz no solo resulta complejo, sino que supone el inicio de un viaje —a ratos fascinante, a ratos tortuoso— que nos acompañará a lo largo de nuestra vida.

Decidir quiénes somos, quiénes queremos ser y cómo deseamos mostrarnos ante un mundo que condena y juzga la disidencia es un dilema que nos exige ser valientes y escuchar con atención nuestras propias emociones. Solo así lograremos que nuestra verdad se imponga a los cánones y prejuicios con que intentan limitar nuestros horizontes en una sociedad que aún se rige por erróneos y lesivos márgenes cisheteropatriarcales.

El camino que nos propone Miranda, a través de un relato tan voluntariamente anárquico como lleno de intimidad y de aliento poético, nos llevará desde los miedos que le impiden ser ella misma a la libertad de llegar a serlo. Un recorrido deliciosamente narrado por Antonio Ortiz y Giovanna Zuluaga, en el que, a través de la voz y la mirada de su joven protagonista, nos acercaremos a su infancia, a su familia, a sus primeras amistades y al descubrimiento del amor y del deseo a través de relaciones que la atraen con la misma fuerza con que la confunden.

Quizá ese caos que la atormenta se explica porque Miranda no acaba de entender ni de asimilar la dualidad de su amistad con Vane. O porque se siente abrumada por la espontaneidad y la experiencia de Lucrecia. O porque cada vez que aparecen en su vida las FAV tiene que luchar por sobrevivir en un entorno que no debería ser tan hostil y que, sin embargo, llega a poner en peligro su salud mental.

Pero frente a todas esas dudas y obstáculos, Miranda cuenta con armas poderosas para construirse como la persona que sabe que realmente es. Armas como la amistad con Gaby, cuya complicidad le permite verbalizar todo lo que en otros entornos se convierte en silencio. O la relación con su padre, llena de espinas y complejidades, pero también de una sinceridad tal que les permitirá a ambos encontrar el camino para recuperar el vínculo que una vez creyeron haber perdido. O, sobre todo, su propia fuerza, la que nace de su mirada analítica, de su capacidad de observación, de su voluntad de reivindicar su identidad más allá de la opinión ajena. No solo porque, desde que descubrió que es lesbiana, necesita vivir libremente su orientación sexual, sino porque Miranda se opone, desde su honestidad, a ese mundo 2.0 en el que vivimos instalados entre filtros, apariencias, *hashtags* virales y *likes* en perfiles de vidas que tal vez ni siquiera sean verdad.

Su historia no solo nos invita a adentrarnos en su propio proceso de descubrimiento y de aceptación, sino que también nos pone ante un espejo que nos obliga a cuestionarnos el modelo de sociedad en la que queremos vivir. Un interrogante que, tal y como les sucede a los personajes de esta novela, se ha recrudecido tras esta pandemia que nos ha obligado a detenernos y, encerrados en nuestras casas, preguntarnos si nuestro presente es el que aspirábamos a tener. O, en caso contrario, qué podemos hacer para cambiar el curso y tomar, si aún es posible, las riendas de nuestro futuro.

En este sentido, *Descubriendo a Miranda* es una novela empoderadora. Inspiracional. Y evocadora. Una novela que nos presenta a una protagonista tan fuerte como para no ocultar sus heridas, pues se requiere una gran valentía para hablar de estas del modo en que lo hace ella, adentrándose en todas las situaciones que han ido marcando su existencia. Compuesta como un puzle autobiográfico, las escenas se van sumando desde esa anarquía consciente de nuestra narradora, configurando un retrato complejo y verosímil, tan lleno de aristas como el de cualquiera de sus lectores y tan lleno de contradicciones como cualquiera de nuestras vidas.

En medio de esa vorágine de preguntas y dudas que abre ante nosotros la adolescencia, también encontramos en esta narración instantes que nos abrazan y nos consuelan. Momentos en los que alguien le dice a Miranda lo mismo que quienes la estamos acompañando en su viaje necesitamos escuchar: que no hay nada malo en ser, en sentir. Que todas las identidades y orientaciones son válidas. Que la única enfermedad es el odio. Que nadie puede jamás cuestionar nuestro derecho a ser.

Esa libertad irrenunciable es parte del aprendizaje de nuestra protagonista, que quizá habría sentido menos miedo a expresarse si hubiera tenido una novela como esta entre sus manos; si alguien le hubiera contado esta misma historia llena de amor y de amistad, de soledades y de deseos, de sueños de futuro y de presentes inciertos. Porque las personas LGTBIQ+ todavía seguimos necesitando ser protagonistas de nuestro relato. Que se dé voz a nuestra infancia y a nuestra adolescencia. Que se entienda y verbalice que la infancia y la adolescencia LGTBIQ+ existe —existimos— y la cultura y el arte son un vehículo valiosísimo para entendernos y aprender a querernos tal y como somos. Si no se nos nombra, no somos. Y la literatura, no lo olvidemos, tiene el don de volver real todo aquello que nombra.

Ojalá alguna vez podamos decir que pintadas homofóbicas como la que Miranda encuentra en los lavabos de su instituto ya no aparecen en ningún centro escolar. Ojalá algún día hayamos erradicado el *bullying* homofóbico, bifóbico, acéfobo y transfóbico. Ojalá pronto podamos decir que la LGTBIQfobia ya no es real. Pero, a fecha de hoy, aún hay más de setenta países donde se condena y criminaliza ser LGTBIQ+. Aún hay un porcentaje demasiado elevado de adolescentes LGTBIQ+ que intentan quitarse la vida debido a la violencia que viven en sus entornos familiares y sociales. Y aún hay demasiados países que toleran las mal llamadas "terapias de conversión", inadmisibles actos de tortura psicológica que pretenden convencernos a las personas LGTBIQ+ de que no somos "normales".

Ese, posiblemente, es el gran aprendizaje de Miranda: asumir que, como he escrito en alguno de mis libros, nadie es normal. Porque en esa palabra solo caben quienes dictan las reglas de lo correcto, tan arbitrarias e injustas como para que los demás quedemos fuera. No, claro que no somos normales: somos diversos. Somos diferentes. Somos vidas en un continuo fluir hacia un futuro que debemos construir con total libertad sin que nada ni nadie nos imponga sus prejuicios ni su censura. Un futuro que nos pertenece y que debemos desbrozar con la misma valentía con que Miranda descubre el suyo. Sin que el miedo nos impida compartir la riqueza de nuestra diversidad para, trenzando manos y voluntades, alcanzar esa felicidad que, aunque siempre acabe siendo imperfecta, tanto nos merecemos.

Nando López

Madrid, julio de 2021

1

"UNA MENTIRA ES UNA GRAN HISTORIA QUE ALGUIEN ARRUINÓ CON LA VERDAD".

Neil Patrick Harris

Me llamo Miranda Romero, acabo de cumplir quince años y te contaré algo que pocos saben sobre mí: desde hace cinco tengo una amiga falsa. Lo bueno de haberla conocido de cerca es saber justo dónde atacarla para que le duela más. Lo malo es exactamente lo mismo, que todo fue una mentira, porque nunca la conocí a cabalidad o, a lo mejor, no quise ver que detrás de su aparente amistad no se escondía más que una chica insegura y frívola.

Ella gozó de total impunidad debido a mi silencio, silencio que acepté de manera tácita. Ella jugó con ese silencio. Si en algún momento me hubiera plantado, si hubiera hablado... Pero no, se supone que las "mejores amigas" no se delatan.

Me miro en el espejo y compruebo mi peinado, los aretes discretos de mamá, olvidados en un cofrecito de madera y que hoy adornan mis pequeñas orejas, la suavidad de mi maquillaje en tonos pastel. De algo han servido los tutoriales de YouTube, pienso mientras esbozo una sonrisa nostálgica. Bajo la mirada hasta el vestido, recorriendo cada pliegue, lo acaricio con las manos y giro sobre mis pies para mirar cómo se levantan ligeramente las capas de la falda si me muevo. Sin duda es perfecto, valió la pena gastar el ahorro de mi mesada para alquilarlo y lo valdrá más cuando ella vea que decidí aparecer en su fiesta. Miro el reloj de pared de mi cuarto por enésima vez. Gaby no demora en pasar a recogerme en un Uber. Cuando suena el citófono me sobresalto. Una sombra de duda cobija mis pensamientos, los seres humanos no somos más que animales apegados a la costumbre, a la desfachatez de darlo todo por sentado. Yo he vivido apegada a lo que piensan los demás y a lo que me diga mi falsa amiga, quien, a pesar de todo, aún ejerce cierto poder sobre mí. Me envuelvo en un abrigo viejo de mamá, me calzo los tacones que me regaló la tía Clarita en mi último cumple, esos que aún no sé utilizar muy bien, y me aferro al bolso negro que me prestó la abue. Por suerte lo retro parece estar de moda. Lo único nuevo que luzco hoy es mi actitud, todo lo demás es prestado, usado o alquilado.

Gaby me espera en la calle, junto a la puerta de un campero blanco. Lo veo allí recostado contra el auto, cual si esperara al amor de su vida. Luce despreocupado como siempre, tiene una actitud imperturbable, es él quien me da fuerzas a pesar de las dificultades que he tenido. Gaby sonríe cuando me ve, su cara lo dice todo, luzco sensacional o por lo menos así me hace sentir. Lanza un silbido y me pide que dé una vueltita.

—¡Miranda! Luces como un millón de dólares y te ves altísima con esos tacones. Todo el mundo se va a morir cuando te vea. *You´re dressed to kill, baby.* —Su voz aguda retumba en toda la cuadra.

Le doy la razón, creo que cuando me quite el abrigo me van a ver realmente, por primera vez en años. Él no se queda atrás, siempre anda a la moda y sabe cómo resaltar entre las demás personas. Esta vez rompe todos los protocolos de la invitación con un traje de tres piezas, camiseta y Converse blancos. Siempre he admirado su estilo, su madurez, su seguridad y, en especial, la manera en que le planta una sonrisa a la vida. Me abre la puerta del auto, me tiende la mano y me ayuda a subir como todo un caballero. Lástima que Gaby y yo no podamos ser pareja, pienso mientras me acomodo en el auto. Eso es imposible y siempre lo será.

Hacemos el recorrido hasta el Carmel Club casi en silencio, cada uno mirando por la ventana mientras caen algunas gotas de lluvia septembrina en el cristal, envueltos en la complicidad que siempre nos ha caracterizado, aunque procuro no pensar demasiado para no arrepentirme de la decisión de ir a la fiesta. Llegamos una hora tarde y al parecer la mayoría de los invitados ya están en el salón Montecarlo. Todo es blanco, las flores, las velas que decoran las mesas, las cortinas de seda que cuelgan desde el elevado cielo raso hasta el piso, los atuendos de los invitados. Una fiesta blanca para celebrar unos quince años. La cumpleañera es la única vestida de color fucsia, al menos es lo que ella cree. Al fondo del salón, alrededor de la mesa principal, están varios de mis compañeros del colegio donde curso décimo grado. Si esto fuera una película, la escena cambiaría y mostraría, casi en el mismo orden en que están ahora, a los niños que fueron hasta hace solo cinco años. Pero no es una película, es mi vida, y no hay manera de oprimir el botón de retroceder. Entonces me quito el abrigo y decenas de ojos se quedan viéndome como si yo fuera su peor pesadilla.

2

"ME ABANDONÓ LA CORDURA
CUANDO DEJASTE MI VIDA,
COMO EL TIEMPO A LAS PAREDES,
ASÍ TU AMOR ME HIZO RUINA".

Rosana Arbelo

¿Cómo se ve el mundo cuando estás colgada de piernas en un pasamanos? Ojalá la respuesta fuera tan simple y, más que ver las cosas giradas ciento ochenta grados, todo aquello que te parece malo se arreglara mágicamente, como mis dientes de conejo, las gafas que me recetaron poco antes de cumplir ocho años, la desidia en la que se había convertido mi vida.

—¡Miranda, baja de ahí que te vas a caer! —gritó papá categóricamente mientras me esperaba junto al camión de la mudanza.

Me balanceé un poco más, contemplándolo al revés a través de mis lentes que por momentos parecían a punto de caerse y estallar en mil pedazos. Supongo que los hijos desarrollamos una habilidad especial para saber cómo exasperar a nuestros padres, es como si viniéramos al mundo con un manual secreto y lo mantuviéramos así, oculto hasta la preadolescencia, momento en el cual lo abrimos, lo leemos detalladamente y ponemos en práctica. En el caso de papá, yo sentía que todo de mí lo irritaba, pero en particular mis silencios y que lo hiciera esperar.

Pero, para que mi historia tenga sentido, debo empezar por el principio, por el día, o más bien la época, en que comenzó todo.

La casa de mis primeros años de infancia era amplia, segura, ubicada en Normandía, un barrio residencial de clase media, al occidente de Bogotá, una de esas casas de dos pisos, con jardín, que compran las parejas jóvenes que quieren formar una familia numerosa. Mis padres la habían adquirido con el dinero de una herencia que le dejó en vida mi abue Adelita a papá, más los ahorros de ambos. Aun así, como la mayoría de los colombianos que quieren tener algo propio, tuvieron que pedir prestada una parte al banco.

Los domingos, sin falta, se reunían las familias conformadas por las tres hermanas menores de papá, sus esposos e hijos. Sumábamos alrededor de veinte personas y cada año solía incorporarse un nuevo miembro, un primo o prima que venía a enriquecer las tardes de juegos y algarabía. Durante varios años fui hija única, así que crecí con ellos como si fueran mis hermanos. Todos vivíamos a no más de tres calles de distancia. Esos domingos familiares, sus aromas, el sonido de las risas de los mayores, las discusiones por fútbol o política, la música como un perfecto telón de fondo, se convirtieron en uno de mis recuerdos más preciados.

Habría dado lo que fuera por vivir eternamente en ese instante en el que uno no es consciente de que es feliz, solo vive sumergido en el momento, en una rutina que no resulta agobiante sino abrigadora, segura, que te brinda soporte y estabilidad tal como lo hacen los huesos con tu cuerpo.

Cuando era pequeña, al igual que muchos niños de tres o cuatro años, era la entretención de los adultos. Mis padres me hacían repetir las capitales del mundo para las visitas, recitar los cuentos de los hermanos Grimm para mis tías, así como datos inútiles que absorbía con la facilidad de una esponja. Me había convertido, sin proponérmelo, en el centro de atracción de mi familia para después terminar siendo casi un cero a la izquierda.

Los años pasan y de repente ya no eres tan interesante, los meses pasan y ves cómo crece la barriga de mamá mientras lo único que la alimenta es el llanto, su tristeza se acumula como un río que está a punto de desbordarse; las semanas pasan y en un segundo te conviertes en hermana mayor, los días pasan y ves a mamá gritándole a papá cosas horribles y un día ella dice que va a comprar el pan y no regresa. Cuando menos te das cuenta, te acompaña el vacío de su ausencia, un recuerdo que tiende a perderse en el olvido. Siempre he tenido ese miedo recurrente de no poder recordar su rostro, su voz, sus manos. Entonces la tristeza llegó a mi vida; como si se tratara de un virus, invadió a papá y lo hizo llorar muchas noches. Luego papá decidió secarse las lágrimas, recoger los pedazos de su vida mientras, de paso, con una mudanza, desarraigaba a su hija mayor de todo lo que conocía.

Desde que mamá se fue, papá empezó a trabajar más de ocho horas, no volvió a sonreír y empezó a fumar ocasionalmente cuando creía que nadie lo veía. Me contagió de melancolía, de su manera pesimista de ver la vida y de otras cosas que irás descubriendo a medida que leas mi historia.

Las primeras semanas después de la partida de mamá me sentaba en un puf junto a la puerta de la casa para ver si regresaba. Me distraía pensando en las distintas posibilidades: que estaba secuestrada, que alguien de su pasado le había pedido que nos dejara, que había decidido formar otra familia. Pero mi mente de niña no estaba lista para que un día papá llegara del trabajo, me encontrara junto a la puerta después de habérmelo prohibido y me tomara del brazo sacudiéndome mientras me gritaba por primera y única vez en mi vida:

—Tu mamá está "muerta", ¿me entiendes? ¡Muerta!

El énfasis en aquella última palabra me aturdió. Solo con el tiempo comprendí que no lo había dicho literalmente o que, al menos, no fue su intención, pero mi yo de nueve años tomó como ciertas aquellas palabras y durante meses tuve pesadillas diversas, a cuál más aterradora, pesadillas en las que mamá se me aparecía flotando, cadavérica, para decirme que era yo la que la había abandonado.

Eso marcó la ruptura de mi relación con papá. Tal vez él no se dio cuenta, pero con la partida de mamá fui yo la que más perdió porque no solo la perdí a ella, lo perdí a él de paso. Trabajaba todo el tiempo, incluso cuando estaba en casa. Pocos días después de la partida de mamá, la abue Adelita vino a vivir con nosotros y, además de que siempre fui muy apegada a ella por ser mi abuelita paterna y yo su nieta favorita, desde esa época se convirtió en mi todo, amiga, consejera y cómplice. Era la única que lograba sacarme más de dos palabras. Para mí, hablar se convirtió en algo doloroso, agónico, como si el solo hecho de pensar en intentarlo activara un ser imaginario que habitaba mi garganta y la apretaba hasta convertirla en un hilo muy delgado por donde apenas pasaba un poco de aire.

Cuando mamá se fue, mi vida dio un giro de ciento ochenta grados. Su familia, a la que nunca fuimos muy cercanos, rompió el contacto con nosotros como si hubiésemos sido los culpables de su desaparición. Esa parte de mi "familia" jamás nos dio razón de ella, y aquella indolencia nos abofeteó la cara. Papá pasó por todas las fases del duelo: negación, ira, negociación, depresión, pero nunca llegó a la última, la de aceptación. ¿A quién engaño? Yo tampoco llegué allí. La diferencia es que él navegaba a tientas entre las dos primeras y la última, mientras yo, sin darme cuenta, me saltaba la adolescencia, pasando de ser una niña como cualquier otra a una adulta amargada y desubicada, atrapada en un cuerpo pequeño.

Papá no pudo vender la casa porque no era viudo ni divorciado. Estaba en un limbo jurídico y su sueldo no le alcanzaba para pagar la hipoteca, los servicios, el mercado, mi colegio y los gastos del bebé.

Los almuerzos de domingo se acabaron, papá sentía que sus hermanas lo juzgaban, lo hacían sentir culpable de ese abandono y según sus propias palabras "tenía cosas más importantes en qué pensar y qué hacer". Arrendó la casa a una pareja de holandeses que querían instalar un hotel *boutique,* y una tarde de mediados de diciembre partimos con nuestras pertenencias en un camión destartalado, sin despedirnos de nadie. Aún en mis noches de insomnio imagino que el que alguna vez fue mi cuarto es ocupado por personas que jamás conoceré.

No me quería mudar, ¿y si mamá regresaba? Recordé entonces que ella me dejaba a veces mensajes detrás de un ladrillo en el patio cuando jugábamos a las detectives. Por eso le dejé una nota en el único lugar donde sabía que podría encontrarla en caso de que regresara por nosotros. Mi mente de niña no caía en cuenta de que si ella hubiera querido encontrarnos habría sido suficiente con preguntarle a alguna de mis tías.

Bogotá es una de esas ciudades que parece una colcha de retazos, donde las clases sociales se entremezclan como las capas de una milhoja, la gente es etiquetada según el estrato que se refleja en sus facturas de servicios públicos y un barrio de "gente bien" está ubicado junto a uno "popular". Desafortunadamente para mí, poco después de cumplir nueve años, llegué a vivir a uno de estos últimos. Aunque era seguro y hasta bonito, no se comparaba con el de edificios de apartamentos de al lado. Allí vivía la que se convertiría en mi amiga falsa, solo que yo no lo sabía. Esas primeras semanas en mi nuevo barrio me sentí completamente perdida.

El ruido en la casa vieja estaba a la orden del día, tal vez por eso me costó tanto acostumbrarme al silencio en el apartamento nuevo, un silencio que únicamente solía romper el llanto de mi hermano o los sonidos de mi abue en la cocina. La estrechez de ese espacio al que aún no lograba acostumbrarme me asfixiaba, me acorralaba entre todos mis miedos.

Sobra decir que ese año no celebramos Navidad ni Año Nuevo. No hubo arbolito; en lugar de un niño Jesús instalado en un pesebre, mi menuda y encorvada abuela mecía a un bebé de pocos meses al cual me era difícil llamar hermano. A Juanjo lo he culpado de todo, como si ese pequeño se hubiese propuesto acabar con mi familia. Creo que se debe a que mamá se deprimió tanto después de su embarazo que yo creí que el bebé era lo peor que nos podía pasar. No me juzgues, no soy una mala persona, trato de ser sincera y de contar cómo me sentía en ese momento. Sentí que mi pequeña familia era hipócrita, pero cada cual actuaba su papel en aquella tragicomedia de la mejor manera que podía. Papá permanecía en silencio en un rincón de la sala, con un álbum de fotografías sobre las piernas evocando momentos felices que jamás volverían. Su mirada estaba perdida en el vacío y sus manos se aferraban a las tapas del álbum, tal vez intentando contener las lágrimas para no añadirle más tristeza a la ya de por sí lamentable escena. Yo, por mi parte, procuré no hacerme notar. Sola en un sofá para dos, esperando a que llegara la medianoche, como parte de un ritual aprendido, como si pudiera obviarse la lectura de la novena, la cena, los regalos, pero no el trasnocho, para que al llegar las doce nos pudiéramos dar una "feliz Navidad", que de feliz no tenía nada. Se supone que la palabra Navidad significa nacimiento, pero yo en ese caso la asocié a cambios, al paso de un estado a otro, a un reemplazo, a una sustitución. Mamá, agobiada por las peleas con papá y por su depresión postparto —según me enteré varios años después—, decidió borrarnos de su vida. Papá también cambió, había un bebé en casa, la abue había tenido que dejar de lado su propia vida para vivir con nosotros y yo..., bueno, ya no sabía quién era yo. Si aquellos no eran cambios, reemplazos o sustituciones, no sé realmente qué lo sea.

Finalizando ese año aprendí, del modo más difícil posible, que a pesar de que los cambios traen consigo oportunidades de crecer o de aprender, en ocasiones también arrasan con todo a su paso, incluyendo a la Miranda que creía conocer.

.

3

"El amor es una ruleta rusa para mí".

Freddie Mercury

—Señor, es todo lo que puedo hacer por la niña —le dijo la peluquera a papá refiriéndose a mí.

Me molestaba y aún me molesta que los adultos hablen como si nosotros no estuviéramos presentes, que piensen que no somos suficientemente inteligentes como para entender sus conversaciones y, lo peor, que usen un tono condescendiente para explicarnos las cosas.

—¿Te das cuenta de lo que hiciste, Miranda? —me preguntó papá.

Por cierto, me daba cuenta, gracias papá por recordármelo. Era yo la que había tomado las tijeras para cortarse el cabello casi hasta la raíz.

—Tenías un pelo hermoso, era tu mejor atributo —continuó él.

Olvidé mencionarlo, ¿cómo se me pudo pasar? Si hay otra cosa que me moleste de los adultos es su capacidad para discutir delante de extraños, no sé si por el morbo que les causa el drama o si les fascina hacer partícipes a esos extraños de los pormenores de su vida privada que, en este caso, de paso sea dicho, también era mi vida privada. Opté por permanecer en silencio. Era mi mecanismo de defensa. Tal vez ya desde pequeña sabía que, si no tienes nada valioso que aportar a una conversación, lo mejor es callar.

La peluquera me quitó la capa de corte, terminó de secarme el cabello o lo que quedaba de él, me puse las gafas para verme mejor, pero me arrepentí al instante. "Ahora sí que estoy jodida", recuerdo que pensé. Entonces me dio un ataque de risa nerviosa que dejó perpleja a la peluquera y más molesto aún, si cabía, a papá.

Faltaban dos días para entrar al colegio, tenía una amiga nueva con la que compartía todo, habían pasado casi ocho meses desde la mudanza por lo que, según papá, ya mi vida debería estar tranquila, encauzada. Lo que papá no sabía, y bueno, tú que me lees tampoco, es que muchas cosas pueden ocurrir en tan solo unos meses. Lo sé, tengo una manía, a veces no cuento las cosas en orden, mi manera de narrar es desordenada, como todo en mí.

Recién nos mudamos al apartamento, yo solo podía pensar en qué pasaría con el colegio, con mis compañeras, con las clases que comenzarían finalizando enero. El barrio adonde nos habíamos mudado quedaba a una hora en dirección al norte del colegio donde había estudiado desde preescolar hasta cuarto de primaria. ¿Debería madrugar más? ¿Qué planes tenía papá? Él permaneció hermético durante semanas y cuando empezaba a preocuparme, realmente en serio, me dijo que entraría a estudiar a un colegio nuevo, que era calendario B —es decir, que estudiaría de agosto a junio—, que él entendía que estábamos pasando por muchos cambios —bendita palabra— y que me tomara ese semestre para leer, prepararme, asimilar esos cambios.

Un mes después de esa charla, tuve el examen de ingreso y entrevista en el nuevo colegio. Papá siempre ha sido medio *hippie* y ambientalista, razón por la cual nunca hemos tenido automóvil y para llegar a cualquier parte vamos caminando o en su bicicleta. Y ese día no fue la excepción, él pedaleó las veinte cuadras desde nuestro barrio hasta el que sería mi colegio a partir de agosto. Yo iba sentada en una silla —que ya me estaba quedando estrecha—, ubicada en la parte de atrás. El casco que llevaba arruinó el peinado que me había hecho la abue para la ocasión. Cuando me intenté acomodar un poco el pelo, una niña de ojos verdes, como de mi edad, señaló a otra en mi dirección y ambas se rieron. Eso me hizo sentir intimidada. De por sí, desde el acceso, ese lugar me atemorizaba. Una puerta negra, pesada, metálica daba paso a un camino de adoquines que partía en dos una zona verde que más parecía un bosque. Al fondo se encontraba el área administrativa, un edificio en donde predominaba el ladrillo y el color gris. Junto a esta área se localizaba el edificio de primaria, con grandes ventanales de piso a techo, el cual ostentaba un poco más de color, pero no demasiado, como si la mesura fuera obligatoria en aquel lugar. Diagonal al edificio de primaria se hallaba la biblioteca, un lugar donde pasaría buena parte de mi tiempo libre durante los años siguientes. El colegio nuevo no solo era mixto, también lo dirigían religiosas, algo más a lo cual debería acostumbrarme. Mamá siempre insistió en que sus hijos estudiarían en colegios laicos, pero ella ya no estaba y la formación católica era importante para papá.

Él me notó nerviosa, así que me tranquilizó diciéndome que era un formalismo, que ya tenía mi cupo asegurado en el colegio. Elena, una de sus mejores amigas de la universidad, era la coordinadora del departamento de Artes, exalumna del colegio y la persona que había intercedido ante las directivas para que yo pudiera ingresar. Por lo general, solo recibían estudiantes de preescolar e hijos de exalumnos. Para lo que ni papá ni Elena, ni yo estábamos preparados era para que sacara menos de uno en el examen de Matemáticas y que no dijera una sola palabra durante la entrevista con la psicóloga y la hermana superiora. Mi hermetismo del último año se estaba convirtiendo en mi enemigo. Por suerte, Elena intercedió por mí y logré matricularme, eso sí, con compromiso académico. Esperé a papá en una silla en el pasillo mientras él formalizaba la matrícula, elevando y bajando las piernas para no aburrirme, imaginando qué se escondería detrás de cada una de las puertas de aquel pasillo que me parecía infinito. Una de las puertas se abrió a lo lejos y alguien empezó a acercarse. Lo que en un principio me pareció una niña con capa negra, se materializó frente a mis ojos en forma de una monjita de muy baja estatura, piel blanca, mejillas sonrosadas y más arrugas de las que pudiera contar, casi tantas como las de mi abue.

—¿Llevas mucho rato esperando? —me preguntó con una voz aguda y dulce.

Me mordí los labios pensando qué responder. Me daba miedo tratar de hablar y que emitiera un graznido. Quedé muda cual si me hubiese hablado en un idioma imposible de entender. Lo que ella no sabía es que, de alguna manera, quedarme en silencio era mi mecanismo de defensa contra un mundo que creía hostil.

—¿Quieres un dulce? —preguntó de nuevo metiendo su mano en el bolsillo derecho de su suéter gris—. Sé que no se le debe recibir nada a extraños, pero soy la hermana Abigail y presto mis servicios como orientadora en bachillerato acá en el colegio. Sospecho que vamos a volver a vernos muy pronto.

Sonreí recibiendo el dulce y entonces ella se alejó discretamente, entendiendo tal vez que yo no era una persona de muchas palabras o, como en este caso, de ninguna palabra.

El viernes siguiente, como una manera de animarme por lo mal que me había ido en el colegio, papá y yo caminamos desde casa unas cuantas cuadras hasta el hermoso conjunto de apartamentos donde vivía Elena con su familia. Mi edificio era de cinco pisos, sin ascensor, con un celador en la entrada, de ladrillo rojo a la vista y como de veinte años de antigüedad. Para acceder al conjunto de Elena había que atravesar un *lobby* enorme, iluminado, con varios guardias de seguridad y amplias zonas verdes. Los edificios —porque eran varios—, en cuyo centro había un parque, eran de quince pisos y de un color crema vibrante. El apartamento de Elena era dúplex y quedaba en el último piso, con una vista impresionante hacia los cerros orientales de la ciudad.

—Miranda, ya conoces a Elena, saluda —me increpó papá nada más traspasar la puerta de entrada del apartamento de su amiga.

Parecía una coreografía encontrarnos con conocidos o extraños: mi silencio, papá pidiendo o exigiéndome que saludara, que sonriera, que comentara cómo había sido mi día. Tal vez pensaba que aún tenía tres años y que seguía respondiendo de la misma manera a esos estímulos externos o, más bien, a la falta de ellos. No sé por qué los adultos piensan que hacen bien al exigirnos que hablemos ante otras personas. A veces me sentía como si fuera un personaje rebelde de una distopía, cuyo único objetivo era negarse a seguir las reglas de una sociedad que dice que debemos obedecer sin cuestionar.

—Discúlpala, Elena —continuó papá dirigiéndose a su amiga, para variar, como si yo no estuviese ahí—, a veces no sé qué le pasa a esta "niña".

En serio, ¿esta niña?, como si no tuviera un nombre, no parecía que fuera mi padre. Sentí que había perdido mi identidad. Me sorprendí ante las disculpas de papá. ¿No sabía qué me pasaba? ¿Se le olvidaba acaso todo lo que había pasado y seguía pasando? Colegio nuevo con compromiso académico, un hermano bastante llorón, una mamá desaparecida, un papá evadido de la realidad. En conclusión: Miranda, 0; el mundo, 1 (o más).

—No te preocupes, Migue, mi Vane solía ser igual —contestó Elena—. Es cuestión de tiempo, hay que dejarla adaptarse.

Fue entonces cuando la hija de Elena, una niña de cabello liso hasta el hombro, ojos color miel y piel muy blanca con pecas en la nariz, no en toda la cara como las mías, se unió a nosotros en la sala. Entendí que esa era la manera que papá había encontrado para intentar animarme, juntarme con una niña de mi edad.

En las paredes de aquel apartamento no había muchos espacios libres. Estaban cubiertas por pinturas, repisas donde reposaban objetos de arte o fotografías. Intimidaba, pero a la vez atraía. No sabía hacia dónde mirar, tal vez por eso no me di cuenta en qué momento Vanessa me invitó a su habitación. Papá me tuvo que sacar de mi propia mente sacudiéndome el hombro.

La habitación de Vane era completamente diferente al resto del apartamento. Las paredes eran claras, no había nada que reflejara la personalidad de su dueña, algo que me dijera cómo era aquella desconocida, ni un cuadro, un afiche o un póster, pero sí muchos juguetes. Su mamá era amiga de mi papá, teníamos casi la misma edad y estudiaba en el mismo colegio adonde yo iba a entrar —gracias a Elena— dentro de pocos meses, eso era todo lo que hasta ese momento nos conectaba.

No creí que funcionaría algo de lo que papá trataba de hacer por mí para que yo llevara una vida "normal". Sin embargo, pasar las tardes de viernes en el apartamento de los Martínez se convirtió en lo mejor de mi semana. Amaba su colección de arte, de libros antiguos con su olor característico, el piano de la sala, la comida que parecía de restaurante y, lo mejor, la compañía de Vane y su colección de juguetes que parecía inagotable. Elena era artista y docente; su esposo, un chelista que tocaba para la filarmónica de Bogotá. Parecían la familia perfecta, las fotos sobre la chimenea lo confirmaban, al menos ante mis ojos desprevenidos. En ellas se veían unos padres satisfechos junto a dos hijas que crecían uno o dos años en cada fotografía, cuyas sonrisas parecían sacadas de un anuncio de crema dental. La hermana mayor de Vane estudiaba en el Skidmore College, una de las mejores escuelas de danza de Nueva York.

Cuando estaba en ese apartamento, imaginaba que yo era la hija perdida de los Martínez y que había regresado a casa. Que Elena y su esposo eran mis padres y Vanessa, mi hermana menor. Tal vez por eso cada vez me costaba más y más regresar a casa a encontrarme con mi realidad. En mi pequeño universo con Vane volvía a ser, por unas horas al menos, la niña alegre y comunicativa de unos meses atrás.

Cuando conocí a Vane pensé que sería una niña engreída que me miraría por encima del hombro, pero después de unos minutos de hablar con ella sentía que la conocía desde siempre. Ambas teníamos ese humor negro que nos caracterizaba, nos reíamos de bobadas y nos ilusionábamos con las mismas cosas. Vane me pedía que me quedara en su casa para hacer piyamadas. Ella y yo, juntas como si nada ni nadie nos pudiera separar. Había encontrado un pedazo de felicidad en su casa, en su sonrisa, en su complicidad. Nos conectamos de tal manera que comenzamos a extrañarnos, a sentir que la una era la mitad de la otra. Si alguien quería que hablara, solo debía ponerme al lado de Vane, le contaba cada cosa que me pasaba y ella me retribuía con todos sus secretos.

Cuando Vane conoció mi habitación enloqueció, en el buen sentido. En contraposición a la de ella, las paredes de la mía estaban tapizadas con recortes de revistas, fotografías y afiches de mis grupos musicales favoritos. En mi casa había incluso una tornamesa con casetera. Para mí era lo cotidiano; para mi amiga, como un viaje en el tiempo hasta un mundo paralelo, retro y *crossover*. Le presenté mi colección de LP y casetes heredados de mis papás e incluso de la abue, mis tesoros, muy distintos a los suyos.

—A mamá le gustaba grabar música en estos casetes, la que pasaban en sus emisoras favoritas —le confesé con nostalgia, acariciando una vieja caja de zapatos donde cabían hasta una docena de casetes—. También se grababa ella misma, cantando. Pocas veces la escucho porque me da miedo que, de tanto hacerlo, un día su voz se gaste hasta el punto de que termine perdiéndose para siempre. Es de las pocas cosas que me quedan de ella.

Le enseñé cómo se usaba la tornamesa y quedó encantada con la belleza del sonido, con sus sutiles matices y la manera en que la aguja parecía acariciar el LP hasta arrancarle una melodía. Nos quedábamos extasiadas escuchando la fidelidad de ese sonido que solo te dan los acetatos, esos discos viejos e inmensos que giran en la tornamesa, esos que en su negrura permiten que se escuchen todos los instrumentos y en los que la voz del cantante de turno te arrulla como si tuvieras una serenata privada.

A mitad de ese año, papá me dejó viajar con Vane y su familia al Eje Cafetero. Se acercaba mi décimo cumpleaños, era mi primera vez en un avión y, cuando este despegó, tomé a Vanessa de la mano. Ella me daba la seguridad y tranquilidad que necesitaba, esa que había perdido en los últimos meses. Cerré los ojos y me permití perder el control a bordo de esa enorme máquina alada, sentía que nada malo me podría pasar si estaba al lado de Vane.

Llegamos a una finca llamada Caficultur, en la zona cafetera, un paraíso que sería testigo de mi felicidad. En ese hermoso lugar pudimos fortalecer nuestra amistad. No sé por qué cuando pensamos en vacaciones lo solemos asociar con una playa cuando hay tantos otros lugares que nos pueden ofrecer experiencias inolvidables. En esa finca aprendimos cosas que no se pueden aprender en el colegio. El olor en la mañana era indescriptible, era el perfume propicio para enmarcar nuestra historia. Vane me hacía perseguirla por esos laberintos verdes y los alrededores del lugar. Jugábamos desde la madrugada hasta el anochecer y queríamos que el tiempo se detuviera, que no tuviéramos que regresar. Pasé la mejor semana de mi vida en ese lugar, jugando en la piscina con mi amiga, durmiendo hasta tarde, conociendo los atractivos únicos que ofrece esa zona del país y contemplando la luna y las estrellas, un privilegio que se dan las personas que viven en ese sitio, debido a que hay muy poca contaminación. Las dos nos tendimos en las camas junto a la piscina, vimos el anochecer y nos quedamos hasta tarde hablando del colegio. Yo, ilusionada y pensando que tenía la vida resuelta; Vane, ensimismada escuchando mis tonterías y sonriendo como si nada la perturbara. La perspectiva de entrar al colegio nuevo a finales de agosto dejó de ser aterradora, ya no tenía esa ansiedad con la que había llegado el día de la entrevista. Todos mis miedos habían desaparecido, los demonios que me perseguían se habían esfumado. Me sentía tan tranquila y protegida que le hice jurar a Vane que seguiríamos juntas sin importar qué pasara, como si nuestra amistad se tratase de un pacto eterno.

—Prométeme que siempre seremos amigas —le pedí a Vane el día antes de regresar a Bogotá.

—Te lo prometo —me contestó ella, abrazándome.

Sentí que ese abrazo me llevaba al cielo, pocas veces me habían abrazado, tal vez porque yo no se lo permitía ni a papá. La única que me daba abrazos era la abue, pero ya sabes cómo es eso, a alguien tan tierno no se le puede negar algo así. Todos mis miedos se disiparon esa última noche, yo me sentía protegida, entusiasmada, eufórica, porque la vida me había regalado un ser extraordinario que llegaba para hacerme olvidar mis penas.

Volvimos a Bogotá convertidas en las mejores amigas. Los días pasaban y cada vez hacíamos más locuras. Yo ya no quería salir de mi cuarto cuando ella me visitaba, no me interesaba hacer otra cosa, deseaba quedarme allí con Vane y seguir a su lado. Muchas veces nos dolía el estómago de reír, como esa noche en la que hicimos guerra de cosquillas hasta que nos quedamos sin aliento y, entonces, el silencio nos encontró mirando hacia el techo como si ese fuera el cielo estrellado que contemplamos en nuestro viaje, silencio que ella rompió para abrir su corazón.

—Mía —así era como me llamaba cariñosamente—, ¿sabes una cosa? Contigo me siento diferente. Es que con las otras chicas del colegio..., con mis amigas, debo presumir cosas, pero contigo no. Soy como quiero ser, me haces reír mucho y no quiero que todo lo que pasamos acá, en casa, cambie.

A veces la felicidad se convierte en un estado efímero, una estación fugaz que nos ilusiona con su encanto, pero que nos traiciona de la manera más inesperada. Yo no caminaba, flotaba con todo lo que me estaba pasando, sentía que no podía ser más feliz en ese momento. Creía en lo que mi mejor amiga, hasta ese instante, me hacía sentir. Vane me hacía partícipe de todas las actividades de la familia y siempre estaba ahí para hacerme sentir una más. Sin embargo, a medida que se acercaba la fecha de entrar al colegio, empecé a notar cambios en ella. Se veía ansiosa, pensativa, casi preocupada. Tres días antes del primer día de clases, mis sospechas encontraron fundamento. Vane me dijo que necesitaba hablar conmigo ese sábado en la noche. Sus papás no estaban en casa, solo la empleada.

Pensé que quería hablar sobre algo de las clases que iniciaban el martes siguiente, pero ni mis sueños más locos me habían preparado para lo que me dijo. Me pidió pasar a su habitación, mientras yo la notaba cada vez más nerviosa. Me contagió su inquietud, sin embargo le dije que nada de lo que me contara podría cambiar mi cariño hacia ella. Pero a veces las palabras pueden convertirse en un ancla que nos ata a pesar de las corrientes de la vida.

—Mía —me dijo—, no es fácil esto que te voy a pedir, espero me entiendas. Lo que pasa es que... en el colegio no podemos ser amigas.

Solté una carcajada. ¿Acaso había entendido mal? ¿Vane le estaba poniendo "pico y placa" a nuestra amistad? ¿Pretendía que fuéramos amigas solo después de las cuatro de la tarde y los fines de semana?

—¿Es una broma? —pregunté sonriendo—. Porque si lo es, me parece de mal gusto.

—Lo siento, Mía, pero no es una broma, qué más quisiera... —continuó ella.

—Es que no entiendo. ¿Acaso hice algo mal? —pregunté de nuevo, ya sin sonrisa alguna y con la triste idea de que la culpa es siempre de la víctima.

—No es eso, por supuesto que no —contestó ella sentándose en la cama a mi lado—, es que mi vida es más complicada de lo que crees.

Era una frase inusual en una niña de casi diez años que parecía tenerlo todo. Recuerdo que apoyé la frente sobre mi mano derecha. De repente la cabeza me pesaba, cargada de pensamientos que empezaban a acumularse. Los fantasmas de un pasado no muy lejano me asediaron de nuevo: no eres lo suficientemente buena, la gente se cansa de ti y por eso te abandona, eres rara, hay algo malo en ti.

—¡Cállense! —grité asustando a Vane. Grité sin darme cuenta de que lo había hecho en voz alta.

—Mía, perdóname, te juro que...

—Tus juramentos no valen nada y mi nombre es Miranda. No vuelvas a llamarme Mía, no soy de tu propiedad.

Diciendo eso me incorporé de la cama y me dirigí hacia la puerta. Salí sin que nada me importara, sin un adulto que me acompañara, arriesgándome a que algo me pasara en la calle. Yo solo quería escapar de allí, sentía que las paredes me ahogaban, que querían aplastarme.

Ella me siguió de cerca. Pensé en volverme y preguntarle por qué lo hacía, no irme de allí sin conocer sus motivos, pero me pudo el orgullo y me marché con los brazos cruzados sobre mi estómago, en un torpe intento de reprimir las náuseas.

De seguro ella no esperaba la reacción que tuve. Durante los meses previos fui una niña muy dócil. Sí, creo que esa es la palabra que mejor me definía en esa época, al menos ante los ojos de Vane y su familia, por eso creo que ella pensó que aceptaría la locura que proponía sin que yo me molestara. Sentí mucha rabia, quería gritar por todo el camino, quería borrar todos los momentos que habíamos pasado juntas. No supe qué más hacer, así que corrí, corrí hasta quedarme sin aliento como una novia despechada a la que acababan de botar. Paré en una esquina para recuperar el poco aire que me quedaba, me senté al borde de la vereda ante las miradas inquisitivas de los extraños que transitaban por ahí. Una niña de diez años, sola en la calle y llorando. Algunos se detenían para observarme desde lejos, pero ninguno se atrevía a preguntar nada. Mi cabeza daba vueltas por las frases de Vane, cada repetición era como una puñalada que se incrustaba en mi alma. Me levanté de allí ante la mirada atónita de aquellos extraños y me fui al único lugar donde me sentía medianamente segura, los brazos de mi abue. Ella me recibió en la puerta del apartamento y las lágrimas brotaron de nuevo, atropellándose en mi rostro mientras la abue me acariciaba el pelo, sin preguntarme nada, esperando pacientemente a que me calmara.

Esa noche después de ponerme la pijama me dirigí al baño que compartíamos con la abue. Detrás de la puerta me encontré de frente con el espejo de cuerpo entero en el que a veces me miraba, cuando quería comprobar si mi ropa combinaba. Las voces regresaron, primero en forma de susurro y luego cada vez más fuerte.

¿Qué pasa contigo, Miranda? Tu mamá se fue porque no te quería, tu papá te ignora o te regaña porque tampoco te quiere, tu hermanito llora solo cuando tú estás en la habitación, tu abue te quiere un poco, tal vez es su obligación o lo hace por lástima. Por poco no logras entrar al colegio nuevo y, para colmo, sacaste la peor nota de la historia en Matemáticas, no eres nada inteligente, no eres bonita y de seguro todos te van a odiar, tu mejor amiga acaba de dejarte. No eres buena, hay algo malo en ti, mírate, mira ese cabello horrible que tienes, esa voz de ardilla que le fastidia a todos los que te escuchan.

Me tapé las orejas, pero las voces seguían y seguían y por un momento creí que me estaba volviendo esquizofrénica. Yo no lo sabía, pero no había voces, al menos no externas, era yo misma, mi propia conmiseración, el deseo malsano de lastimarme, de culparme por todo lo malo que me pasaba. Empecé a llorar hasta que las lágrimas empaparon la camiseta de mi pijama y mis ojos quedaron tan hinchados que casi no podía reconocerme. Tomé el cepillo de cerdas gruesas, el que era de mamá y con el que me enseñó a cepillarme el cabello —no menos de veinte pasadas por cada lado, decía ella— cada noche antes de dormir. Me lo pasé con rabia, tiraba de él como si quisiera arrancarme la cabeza de un solo tajo, tiraba lo más fuerte que podía hasta casi hacerme daño. En ese instante se me enredó, muy cerca de la raíz. No sé en qué momento resulté con las tijeras que guardaba la abue en una caja de galletas junto con sus cosas para tejer. Tomé un primer mechón y, sin dudarlo, lo separé del resto de mi cabello con un corte certero. Entonces ese sonido metálico de las tijeras comenzó a sonar con una melodía cacofónica de cortes al azar, cortes que intentaban borrar la tragedia de mi vida. Los mechones fueron cayendo al piso como las hojas de los árboles en otoño. No podía ver la forma en la que estaba "arreglando" mi cabellera porque las lágrimas no me permitían mirar más allá de mi dolor. En pocos segundos, la mayoría de mi cabello estaba a mis pies, el cambio de estilo era radical. Dicen que hay algo catártico en ello. Papá me encontró con las tijeras en la mano.

4

"MI MAQUILLAJE PUEDE ESTAR CAYÉNDOSE, PERO MI SONRISA SIGUE AHÍ".

Freddie Mercury

Nunca es fácil ser la niña nueva. Es complicado pasar de un colegio relativamente pequeño, donde llevas estudiando desde preescolar y en el que todo el mundo te conoce, a uno mucho más grande, ubicado en un mejor sector de la ciudad, religioso y, como si fuera poco, mixto.

Jamás olvidaré el primer día. Entraba a quinto de primaria. Elena me esperó donde parquean los buses del colegio y después de un "buenos días, Miranda" que no atiné a contestar, me escoltó los cinco pisos del edificio de primaria hasta el que sería mi salón de clases durante ese primer año en el Colegio de las Misioneras del Sagrado Corazón de Jesús. El nombre lo decía todo, la religión era un personaje que se paseaba por todos los rincones del lugar y permeaba las decisiones que tomábamos.

Tenía una sensación extraña, ya había estado en el mismo lugar cuando presenté los exámenes de admisión; sin embargo, me sentí como si estuviera traspasando la boca de una caverna. Elena hablaba todo el tiempo señalando lugares y dándome instrucciones. No escuchaba nada de lo que ella decía, lo único que hice fue agachar la cabeza para tratar de no mirar a la gente que estaba en los pasillos; mi respiración se agitaba cada vez más y podía escuchar los latidos de mi corazón. El bullicio natural de un colegio es un dibujo calcado, una melodía reconocible en cualquier lugar del mundo. Esas voces ininteligibles que le dan vida a ese lugar resonaban por doquier y a veces se silenciaban a mi paso. Elena se detuvo en uno de los tantos salones que había en el pasillo del quinto piso del edificio de primaria e hizo un gesto de llamado mientras esperábamos en la puerta. Ella y Jimena, la directora de curso 5.° G, conversaban sobre mí, "la niña nueva". Los cursos a partir de ese nivel estaban conformados según el rendimiento académico y coeficiente intelectual del estudiante. Yo asumí que, al ser 5.° G, me habían puesto en el peor de los cursos y que, por lo menos, estaría con gente igual de "bruta" a mí. Estaba totalmente equivocada porque el D, F y G eran los cursos superiores. Alguien había cometido un error, y no era yo. Como sea, el caso es que Elena me dejó con la profe Jimena y se marchó mientras todo empezó a andar en cámara lenta. Los ruidos se amplificaron, así como las luces. Veía a la profe mover los labios pidiéndome que me presentara, pero no logré hacerlo. El duende en mi garganta me apretaba, me dominaba. Me quedé allí de pie, frente a veinte niños y niñas que me miraban, dos de ellas habían sido las que se burlaron de mí el día que llegué con papá en la bici a presentar la entrevista de ingreso. Junto a ellas estaba Vane, cuya mirada no lograba descifrar, tal vez en ella se reflejaba la sorpresa al verme con el cabello corto. Volví a bajar la cabeza y observé mis cordones nuevos sobre mis zapatos usados, mientras sostenía la lonchera naranja que me había acompañado desde segundo de primaria. A mi espalda, el morral me pesaba como si cargara ladrillos en lugar de cuadernos. Al fondo del salón escuché una risita leve, contenida, mientras que un murmullo empezaba a acumularse y a extenderse por el aula convirtiéndose en palabras dolorosas:

"¿Será muda?". "A lo mejor es retrasada". "Parece un niño con falda". "¡Es Harry Potter!". "¡No sean así! De seguro solo tiene miedo".

Esa última frase era lo que necesitaba para al menos decir, muy bajito, mi nombre. Levanté la mirada y con los ojos le di las gracias a quien la había pronunciado, un niño más pequeño y delgado que la mayoría, de cejas pobladas y que parecía sonreír con la mirada.

La profe les pidió a todos que se comportaran, habló del respeto, la paciencia y la aceptación, les recordó que "Dios es amor" y que no se debe juzgar al prójimo. Después de haberlos regañado y hacer que se calmaran, me dio la bienvenida y el momento incómodo pasó, aunque solo fue el primero de muchos. Me senté donde me indicó, un lugar junto a la ventana y lejos de la puerta. No sé por qué, pero las puertas me daban miedo, quizá porque las personas solían atravesarlas, algunas para nunca regresar.

Durante la primera clase, sentí las miradas de varias niñas que, con curiosidad, me observaban y se reían. Algunas se pasaban papelitos en los que, creía yo, escribían cosas sobre mí.

A la hora del descanso, mis compañeros salieron atropelladamente con sus loncheras en la mano, la profe gritaba que no corrieran, que estaba prohibido, escuché palabras mezclándose, los "te extrañé" con anécdotas de destinos vacacionales, alguno con una pelota de fútbol, un par de niñas con un lazo para saltar, y así. Los seguí de cerca, sin aproximarme demasiado, lo justo para escuchar sin ser vista. Si algo había cultivado el último año era el arte de volverme invisible. Me senté cerca de las canchas de fútbol, sin mucha hambre, comiendo por inercia y observando el transcurrir de mi nueva vida escolar. Fue entonces que, de la nada, apareció el niño de cejas pobladas de mi clase.

—Hola, Miranda, soy Gabriel Mejía, pero todos me dicen Gaby —me dijo sentándose a mi lado.

Lo miré con un poco de sorpresa en mi rostro. Traté de sonreír, un gesto con el que le enviaba una señal de amistad. Mi mirada trataba de enfocarse en la suya, pero comencé a parpadear tan rápido que me llorosearon los ojos. A pesar de que Gaby parecía una buena persona y me había defendido en el salón, no sentía plena confianza como para considerarlo mi amigo. Aun así, le hice una ofrenda de agradecimiento.

—Gracias por defenderme hace un rato —contesté acercándole mi paquete de galletas.

—Me gusta tu cabello —prosiguió él, hablando con la boca llena de galletas de chocolate—. No debe ser fácil ser nuevo, yo siempre he estudiado aquí, no me imagino en otro lugar.

Gaby hablaba con mucha propiedad y con un estilo único que lo hacía encantador. La desconfianza que existía al comienzo se fue diluyendo con cada palabra que salía de su boca. Su forma de actuar me hacía sonreír, lo sentía honesto, transparente.

—¿Quiénes son ellas? —pregunté señalando hacia las graderías ubicadas en el lado opuesto de la cancha. Sabía que ese era el grupo de Vane, pero tenía que disimular y tratar de averiguar la razón por la que ella no quería que supieran que éramos amigas.

—¿Ellas? Se llaman Fabiana Krum, Ariadna Farah y Vanessa Martínez —contestó él, siguiendo mi dedo con la mirada—, pero desde siempre les dicen las FAV, por sus iniciales y porque son inseparables. Entre ellas usan diminutivos en un tonito que me parece irritante: Fabi, Ari, Vane. —Esto último lo dijo imitando la voz de una ardilla, bueno..., si las ardillas pudieran hablar—. No son malas, al menos no por separado, pero parece que cada una sacara lo peor de la otra.

—¿Y la otra niña? —pregunté de nuevo, señalando una gradería más abajo.

—Se llama Margarita Lara y le dicen Margo. La dejan juntarse con ellas, pero no muy cerca, si te fijas, solo porque su familia tiene mucho dinero y, bueno, tú sabes, las pretenciosas buscan mantenerse juntas. Margo llegó al colegio en primero, pero desde que empezó a engordar es como si la repelieran, la mantienen cerca porque ella las invita al club, porque les regala cosas. Con cada kilogramo que aumenta la van tratando como si fuera la mascota del grupo. Con la manera de comer de Margo no me extrañaría que el próximo año tuviera que sentarse en el extremo opuesto de la cancha.

Lo miré pensando que bromeaba, pero la expresión seria de su rostro me indicó que hablaba muy en serio. Al parecer en el colegio, a medida que vamos creciendo, las jerarquías y divisiones se van imponiendo. Nuestros propios intereses, nuestras formas de ser van creando un abismo en este rompecabezas que se arma con el pasar del tiempo.

—Mis mejores amigos son los que están allá jugando fútbol con los de sexto —continuó señalando hacia la cancha que estaba contigua adonde nos encontrábamos—. El más bajito es Manuel y Sebastián es el de cabello castaño. Manuel por lo general tiene algo para decir y su tipo de humor no siempre cae bien, en ocasiones es bastante pesado, pero estamos juntos desde preescolar y se supone que a los amigos los debes querer, incluso con sus cosas malas.

Me agradaba Gaby, en especial que hablara tanto. Era refrescante encontrar a alguien que llenara los silencios de esa manera, que hiciera ver fácil eso de comunicarte con otros.

—Perdona a Fabiana, Manuel y los otros por lo que dijeron hace un rato cuando no eras capaz de presentarte. Seguro que cuando te conozcan les vas a caer bien. Al menos a mí me caes bien. Bueno, voy a intentar jugar al fútbol con ellos, no es que me guste, pero tú sabes, cosas de "hombres". Chao.

Diciendo esto salió corriendo como un loco, sin darme tiempo a despedirme o a ofrecerle otra galleta. Me llamó la atención su extraña manera de correr, como si sus extremidades fueran entidades independientes de su cuerpo, sus piernas desacompasadas hacían graciosos sus movimientos, a la vez que sus brazos creaban una especie de aleteo. Me quedé pensando en lo que me dijo, sin dejar de mirar a las FAV. Minutos antes de que sonara el timbre que anunciaba el regreso a clases, Fabiana, la pelirroja del grupo, se dio cuenta de mi insistente escrutinio. Recogí mis cosas un poco asustada, no sé si por el verde severo de sus ojos o por saberme atrapada y me dirigí a clases a lo que daban mis piernas.

Al día siguiente, al llegar al salón de clases, encontré sobre mi puesto una caja de cartón mediana, envuelta en cinta rosada que adornaba el contenido con un moño. Encima de la caja había una nota que decía simplemente: "Bienvenida". Me senté, mirando a lado y lado, tratando de descubrir al autor de aquel presente, pero todos parecían ocupados en sus propios asuntos, excepto Fabiana, cuya mirada intrigante la antecedía. Abrí la caja y lo que encontré allí era todo menos una calurosa bienvenida. Se trataba de un pajarito muerto.

Grité, lo aparté de mi vista, creo que la caja con el animalito cayó al suelo. Me tapé la cara con las manos y empecé a llorar. En ese momento llegó la profe de Español y preguntó qué pasaba. Gaby recogió la caja y al pajarito del suelo y le dijo que al parecer me habían dejado eso sobre el pupitre.

—Niños, esto es de muy mal gusto —dijo la profe—. ¿Quién fue?

Nadie contestó a su pregunta. Entonces se dirigió hacia mí y la repitió; a lo cual, entre sollozos, contesté que no estaba segura, pero que creía que había sido Fabiana. Ella, para mi sorpresa, no lo negó y, con una carita de ángel que no le había visto hasta ese momento, le aseguró que cuando metió el pajarito en la caja aún estaba vivo, pero que había olvidado hacerle un hueco para que respirara.

—Bueno, se acabó el espectáculo —continuó la profe—. Miranda, tienes cinco minutos para ir al baño, lavarte la cara y regresar.

Ese día le hicimos un funeral al pajarito detrás de las canchas de fútbol. La profe aprovechó para hablarnos de la vida y de la muerte, sobre la amistad y la responsabilidad en el cuidado de los animales. Nos pidió escribir un cuento corto sobre alguno de estos temas y que de paso le rindiera un homenaje a Rojito, nombre con el que Manu, el niño más parlanchín de la clase, bautizó al pajarito muerto.

De regreso al salón, después de aquel velorio improvisado, Fabiana pasó golpeándome el hombro con el suyo.

—Espero que la próxima vez que decidas delatarme lo pienses dos veces —me dijo apretando los dientes mientras me adelantaba, seguida de cerca por Ariadna y Vanessa—. En este colegio tenemos cero tolerancia con los sapos.

Vane pasó a mi lado sin decir ni una sola palabra, ni siquiera me determinó. Se me ocurrieron mil maneras de contestar a su silencio, de gritarle en la cara lo mucho que la odiaba, de hacer quedar en ridículo a mi amiga falsa. Me quedé allí como si fuera una estatua, las cosas no habían empezado nada bien y yo tenía que tragarme mi orgullo y agachar la cabeza como todos los sumisos del salón. A pesar del dolor, la tristeza y la rabia que sentía, no lloré, por lo menos no delante de ellas. Tan solo unas horas más tarde y en la soledad de mi habitación el llanto hizo su aparición como si mi proceso para verbalizar las cosas que pensaba se fuera tornando más y más lento con el paso de los días. Desde ese momento confirmé que lo mejor para mí era pasar inadvertida, convertirme en una sombra, en un espectro que vagaba por los pasillos del edificio de primaria, que me notaran lo menos posible. No llevaba ni media semana en el colegio y ya había sido víctima de una broma cruel e injusta y, tan solo por decir la verdad, me había quedado sola. Las palabras de Fabiana me confirmaron que el pajarito no estaba vivo cuando lo dejaron en la caja. No creía que lo hubiera matado, no concebía una maldad tan grande, pero la imaginé esa misma mañana encontrando al animalito muerto en una de las tantas zonas verdes del colegio, planeando su broma, hablando con sus amigas, que para mí, eran tan culpables como ella. Lo peor era que Vanessa sabía lo que iba a pasar y no fue capaz de advertirme, de enviarme un mensaje de alerta.

Esa tarde, papá llamó para avisar que nuevamente tendría que trabajar hasta tarde, la abue trataba de dormir a Juanjo, mi hermanito, mientras yo, sola en mi habitación, intentaba secarme las lágrimas, recoger los pedazos de mi alma y concentrarme en el libro del plan lector sobre el cual trabajaríamos ese primer bimestre, *El principito*. Por suerte ya lo teníamos en casa, un gasto menos para papá. Sin embargo, no lograba pasar de la primera página, por lo que me abstraje en la portada: un niño rubio, de pie sobre algo que se asemejaba a la luna o a un planeta, con una espada en la mano y una bufanda que parecía tener vida propia. En lugar de leer, decidí imaginar qué se sentiría ser ese niño y tener tu propio planeta. No tendría necesidad de hablar, nadie me dejaría pájaros muertos en mi puesto y podría mirar las estrellas todos los días para que me contaran historias milenarias, historias de personas que se habían quedado atrapadas, embelesadas, mirándolas al igual que yo. Nadie. pensaría o me diría que soy rara, ni tampoco me traicionaría mi "mejor amiga".

En ese momento, la abue entró a mi habitación con un vaso de leche en la mano y me sacó de mis pensamientos. Juanjo se había quedado dormido y finalmente tenía a la abue para mí sola. Le conté, sin omitir detalle, lo acontecido en mis primeros días de clase mientras bebía mi vaso de leche. Ella, en su infinita sabiduría, me regaló una frase que se convirtió en mi mantra: "Lo malo también pasará". Lo que ninguna de las dos sabía en ese momento era que una enfermedad neurodegenerativa se manifestaría pronto en ella, lenta pero implacablemente, haciendo de aquella frase una especie de burla del destino.

5

"He tenido que luchar para ser yo misma y para ser respetada. ¿Cómo se puede juzgar a una persona que ha nacido así? Nadie te enseña esto, yo nací de esta manera y lo soy desde el momento en el que abrí los ojos".

Chavela Vargas

Después de quitarme el abrigo, las miradas de Fabiana y Ariadna se clavan en mí cuando notan que mi vestido es idéntico al de Vanessa. Según las propias palabras de Vane, no hay un cumpleaños perfecto sin un vestido perfecto, ese con el que toda niña sueña para bailar el vals con su papá el día que cumple quince. Bueno, casi toda niña, yo nunca soñé con algo así, a mí me hubiera bastado con que mi mamá volviera, pero hace años dejé de admitir que eso me afecta.

El fotógrafo de la fiesta al parecer me confunde con la cumpleañera y pone a funcionar el obturador de su cámara. Una, dos, tres fotos junto a un Gaby que todavía no sale de su asombro, pero que ríe disimuladamente ante mi escandalosa aparición. Cuatro, cinco fotos, y noto que Fabiana y Ariadna ya están hablando con Vanessa. Esta última finalmente se percata de mi existencia y se dirige hacia mí. Me toman una sexta foto junto a una mesa con no menos de doscientos *cupcakes*. Agarro uno y me lo llevo a la boca.

—No te atrevas —me ordena Vanessa, escoltada por su par de esbirros, pero ya es muy tarde, mastico lentamente el bocado de *cupcake* de agraz, mirándola a los ojos, disfrutando del momento mientras un grupo de personas se acerca para saber qué está pasando, entre ellos Manu y Sebas.

—¡Parecen mellizas! —exclama Manu tomándonos una foto con su teléfono celular.

Otras personas lo imitan, incluso el fotógrafo de la fiesta, quien al parecer aún no sabe de qué va todo esto. Nos toman fotos, nos hacen videos, escucho risas, murmullos que parecen elevarse incluso por encima de la música ambiental. Una parte de mí lo disfruta, pero la otra se siente de repente cansada, como si todo esto no fuera más que otra de mis malas ideas.

Vane, superada por la situación, me toma del brazo e intenta empujarme hacia la puerta. Trato de impedirlo y por un momento creo que Fabiana y Ariadna la van a ayudar a sacarme a rastras de la fiesta, pero Vane, con un gesto, les pide que se queden donde están. Noto entonces que Elena, entre molesta y desconcertada, me mira desde la mesa principal. Esa mirada es la señal para irme. Vane aún me sujeta, Gaby nos sigue de cerca y, al llegar a la puerta del salón, la presión de la mano de Vane sobre mi brazo disminuye un poco, momento que aprovecho para zafarme del todo.

—Tranquila, conozco la salida —le digo dándole la espalda mientras intento alejarme.

—¿Qué pretendías al aparecerte en mi fiesta? —me pregunta deteniéndose a la mitad del pasillo que conduce a los baños y bloqueándome el paso—. ¿Y vestida así? ¿Acaso... querías arruinar uno de los días más importantes de mi vida? ¿O simplemente hacer el ridículo? —pregunta de nuevo, mientras intenta contener las lágrimas.

—Bravo, Vanessa —le contesto deteniéndome para encararla—, por fin te muestras como eres realmente. Por si se te olvida, tú misma me diste una invitación, obligada pero me la diste.

—Todos en el salón vimos cómo rompiste la invitación. Aun así, si hubieras decidido venir, no me habría importado, pero no vestida así, esto no te lo voy a perdonar, Miranda. Me humillaste frente a mis amigos y mi familia, me has hecho quedar en ridículo en el día más importante de mi vida...

—¿Humillar? Fuiste tú la que me humilló, Vanessa, o es que se te olvida el beso que nos dimos y que tú correspondiste, para después ignorarme durante semanas.

A estas alturas, Gaby, que ha permanecido a una distancia prudente, no sabe si intervenir para calmar la situación, dar media vuelta y regresar a la fiesta o seguir en silencio, quieto, para evitar que las fieras se percaten de su existencia y lo ataquen. Dicen que hacerse el muerto es una buena opción en caso de peligro. El ruido de la música no permite que mis palabras lleguen hasta los oídos de las demás, eso le da a Vane la seguridad para decirme lo que quiera sin permitir que sus amigas sepan la verdad.

—Miranda —me dice ella con una sonrisa burlona; no me gusta como pronuncia mi nombre—, ese beso no fue más que un reto cumplido en la lista que tengo con mis amigas este año, y te advierto que si dices algo me encargaré de que tu vida sea un infierno. —Esa última parte me la dice casi mordiéndose los labios.

—No te creo —le digo apretando los dientes—, aún recuerdo tu lengua en mi boca y cómo me acariciaste, sé que te gustó. Sé que para ti también fue especial.

—Te equivocas, ese beso no significó nada para mí. ¡Ilusa!

Y dando media vuelta, regresa a la fiesta con sus "verdaderas amigas", dejando aquellas palabras flotando en el pasillo, rebotando una y otra vez hasta multiplicarse como un eco maldito. La veo alejarse con el llanto en su rostro; en busca de un baño con urgencia para recomponerse, seguro lleva el alma rota, lo sé porque la mía está en las mismas. Es la primera vez que me rompen el corazón y presiento que no será la última.

Me quedo allí como atornillada al momento, como si esperara que Vanessa saliera del baño a decirme que no había querido decir lo que dijo, me quedo ahí sembrada con mis patéticas ilusiones de enamorada no correspondida. Todo el maquillaje se me corre por el río de lágrimas que se desborda por mi rostro, el dolor es insoportable, imposible de describir. ¿Un reto? Al parecer nuestro beso había sido un juego y nada más. Sé que las FAV, al menos desde hace unos tres años, tienen una lista de retos que actualizan cada semestre: faltar a una clase, robarse una botella de licor de la casa de los papás, fumar en el colegio, cosas así, pero jamás imaginé ser la víctima de una de aquellas listas infames.

Me siento vacía por dentro, como si no fuese yo misma o como si estuviera siendo parte del telón de fondo de una pesadilla. La gente entra y sale de la fiesta y se queda mirándome, viéndome con lástima. Ahora soy yo el hazmerreír de la fiesta, la intrusa, la usurpadora. Gaby me nota desvalida, se acerca lentamente y, sin decir una palabra, me abraza y luego me ayuda a envolverme en el abrigo cual si se tratara de una tortuga que se mete en su caparazón para protegerse de sus enemigos. De repente el color fucsia deja de ser interesante.

—¿Se besaron, Miranda? —pregunta Gaby entre sorprendido y dolido.

Se supone que él es mi mejor amigo y nunca le conté ese no tan pequeño detalle. Gaby había escuchado algo de la conversación y lo que no, lo concluía porque leyó mis labios.

—Yo te habría comprendido mejor que nadie, y lo sabes, pero, bueno, entiendo tus motivos, aunque no los comparta —prosigue él, bajando la mirada visiblemente afectado.

Tiene razón. De todas las personas que conozco, él es quien mejor habría entendido la situación. Gaby, mi amigo incondicional, el único aparte de Vanessa que sabe lo de mamá, lo de la enfermedad de la abue, lo de mis problemas en el colegio desde el primer día.

Aun así, quiero estar sola, ya no tengo nada que hacer en este lugar. Le juro que estoy bien e insisto en que se quede a disfrutar de la fiesta. Sé que sus amigos están allí y, aunque él es un poco terco, logro convencerlo de que se quede. Él acepta cuando prometo contarle todo, describirle hasta el último detalle de lo que pasó con Vane. No me gusta tener secretos con una de las personas más buenas que conozco, así que le aseguro que está bien que me deje sola y que regrese a la fiesta.

Me alejo de la entrada y camino hacia el parqueadero para esperar el Uber. No puedo evitar quebrarme finalmente. Las imágenes de los últimos años se repiten en mi cabeza y me siento tan estúpida que sigo llorando como una niña pequeña. No ha pasado ni media hora desde que me presenté en la fiesta y ya las redes sociales están llenas de comentarios, de memes que buscan burlarse de Vane y, sobre todo, de mí. Todas las personas, las que fueron e incluso las que no fueron a la fiesta, hablan de nosotras en sus historias de Instagram. No me bajan de loca, dicen que soy esquizofrénica, un peligro para el colegio. Me duele todo lo que hablan, no porque me importe sino porque en algo tienen razón. ¿A quién se le ocurre hacer lo que hice?

Camino con pasos lentos, descalza porque ya no me interesa lucir alta con los tacones, porque quiero sentir el frío del pavimento y porque no me importa nada de lo que pase conmigo. Entonces noto que alguien me mira desde la oscuridad. Las chispas de un cigarrillo iluminan por un instante su rostro y distingo a Lucrecia Ortiz, la mayor del salón, repitente, rebelde, una niña que me da un poco de miedo y con la que nunca he cruzado una palabra. Esa a la que todos nuestros padres nos prohibirían acercarnos. Estoy cien por ciento segura de que Vane no la invitó y de que está aquí, al igual que yo, simplemente buscando problemas.

—¿Estás bien? —me pregunta saliendo de entre las sombras—. ¿Te hicieron algo esas perras?

Niego con la cabeza y no tiene que aclarar a quiénes se refiere, sé que habla de las FAV. Se acerca un poco más y me ofrece el cigarrillo que segundos antes apretaba entre sus labios. Niego de nuevo, ella insiste, lo tomo, aspiro, toso un poco, me río y por un momento me olvido del motivo por el cual estoy llorando. Ella me pide el cigarrillo de vuelta y yo me quedo con ese sabor amargo en la garganta y ese olor a nicotina que se impregna en mi ropa.

Acaba de llegar mi Uber y sigo con la mirada el recorrido del vehículo hasta que se parquea frente a mí. Giro para despedirme o para ofrecerle un aventón hasta cerca de su casa, pero cuando me doy la vuelta ya ha desaparecido, como si se tratara de una alucinación.

6

"EL QUE QUIERE ARAÑAR LA LUNA, ARAÑARÁ EL CORAZÓN".

Federico García Lorca

Después de que Vane me dijo que no podíamos ser amigas en el colegio, me sentí más rara que de costumbre, en especial porque una parte de mí quería decirle que sí, que aceptaba su propuesta, que prefería tener parte de su tiempo a no tener nada, era como la letra de esa canción de Pablo Milanés que reza en una parte:

"La prefiero compartida antes que vaciar mi vida, no es perfecta, más se acerca a lo que yo simplemente soñé...".

Solía pasar mis tardes de viernes, ya vacías de ella, de su compañía, en mi lugar favorito, el puf junto a la ventana de mi habitación, el mismo donde solía esperar en vano a que mamá regresara. Estaba lejos de tener la vista idílica del dúplex de los Martínez, pero no era una mala vista y por su ubicación de cara occidente recibía un buen baño de sol que lavaba en parte mis tristezas. Era casi un ritual, un LP en la tornamesa, con el volumen suficiente para que no fuera estridente ni silencioso, un libro sobre mis piernas, la ventana abierta, la luz de la tarde inundando la alcoba.

A medida que pasaban los días y veía a mi examiga con Fabiana y Ariadna, comprendí en parte por qué me había alejado. Yo no estaba a la "altura" de sus verdaderas amigas, no tenía el dinero ni el cabello largo, ni las habilidades sociales que ellas ostentaban. En un colegio de clase media como ese, las FAV, Margo, Manu y Sebas eran los de dinero, los de las casas grandes, esos que pueden irse de viaje a Cartagena un fin de semana, y es bien sabido que entre ellos se juntan.

Mis inseguridades estaban a flor de piel. Hasta hacía unos meses no me consideraba una niña tan insegura; callada y tímida sí, pero no insegura. Al parecer eso hacía parte de crecer, pero yo me sentía como si me estuviera convirtiendo en otra persona. Más allá de los cambios obvios de la preadolescencia y el corte improvisado de cabello que me hacía lucir mayor y un poco más huraña, tenía la sensación de que, si escarbaba un poco en mi ser, encontraría algo más, algo oscuro, que no podía alterar, que me hacía diferente y me impediría ser feliz.

En un partido de fútbol de chicos contra chicas en clase de Educación Física, yo estaba sentada en el banquillo de los suplentes, esperando, como ya era costumbre en mí, que no me tocara jugar. No sé a quién se le ocurrió la brillante idea de que esa clase debe ser obligatoria en los colegios. Si bien entiendo la importancia de la actividad física, no todos tenemos las mismas habilidades, al igual que pasa con cada cosa en la vida. Como si me leyera mis temores, el profe me pidió que calentara para entrar al partido en unos minutos. Me levanté a regañadientes, arrastrando los pies, y empecé a estirar mientras observaba un grupo de gente a lo lejos, al parecer un *tour* de padres que querían conocer el colegio para matricular a sus pequeños el año siguiente. Como en una sincronía loca del destino, en un segundo el balón llegó a mis pies, lo tomé con las manos y, mientras me gritaban que lo devolviera a la cancha, creí reconocer a mamá en una mujer que estaba de espaldas, a lo lejos. El mismo corte de pelo, la estatura similar, la manera de vestir. Sin pensar en lo que hacía, arranqué a correr sobre la grama de la cancha adyacente a la que nos encontrábamos, hacia la mujer que ya se alejaba, con el balón aún en la mano, mientras las gafas se me escurrían hasta la punta de la nariz. Los gritos en la cancha aumentaron, pero yo dejé de escuchar los "Miranda, regresa", "No te lleves el balón", "Qué rayos está haciendo". Me detuve a mitad de la cancha. Solté el balón. La mujer se había girado y miraba en mi dirección. No era mamá.

Mi relación con Vane se volvió un círculo vicioso que acepté de manera tácita. En el colegio ni nos dirigíamos la palabra, pero afuera, ella intentaba volver a ser la "mejor amiga". Me llamaba a la casa y yo me hacía negar, me invitaba para que fuera a la suya como si nada hubiera pasado. Me enviaba mensajes con papá, notas escritas a mano, notas que leía y las guardaba como si se tratara de un tesoro, pero que no respondía. Ahora, cuando miro todo en perspectiva, veo que fui yo la culpable de lo que me ha pasado, permití que Vane con su cinismo gobernara mi vida, dejé que me tratara de la forma que ella quiso, que pisoteara mi dignidad. No obstante, pasaron un par de semanas después de los primeros acontecimientos en el colegio, yo estaba decidida a no "perdonar" a Vane tan fácilmente, así que durante ese lapso la ignoré en el colegio, no le hablé, a pesar de sus cínicos intentos por acercarse disimuladamente.

Un día, en clase de Español, el profe anunció una evaluación sorpresa, un control de lectura que consistía en leer en voz alta un fragmento de *El principito* delante de toda la clase. Nadie, aparte de mí, parecía perturbado con el anuncio. Uno por uno fueron levantándose de su silla para leer en orden el fragmento asignado. Parecían acostumbrados a eso, entrenados, adoctrinados y, más que leer, lo interpretaban, hacían variaciones en el tono, la intensidad y velocidad. Cada uno parecía hacerlo mejor que quien lo precedía.

Recordé mis clases de natación cuando estaba en el otro colegio e íbamos a un club con el que teníamos un convenio. El grupo en fila, lanzándose a una piscina de dos metros de profundidad, cada uno esperando su turno con la emoción de aquel que le agrada zambullirse en lo desconocido. Se paraban justo en el borde, luego saltaban y finalmente el profe los ayudaba a regresar con una vara metálica larga. Yo siempre era la última en la fila y, cuando notaba que me acercaba peligrosamente al primer turno, regresaba al final, jamás salté.

En esa clase de Español no había escapatoria y, aunque lo intenté evitando la mirada del profe, los párrafos estaban enumerados y me tocó el último, el más extenso, uno con narrador y diálogos. Por lo visto lo que se esperaba de mí era que diferenciara las voces de cada uno de ellos. "No hay manera —pensé—, escasamente puedo con mi propia voz para ahora intentar hacer otras".

—Miranda, te estamos esperando —me dijo el profesor con impaciencia.

—Me... me costó... mucho tiempo... comprender de dónde venía... —Atiné a leer tomando aire, pero mi voz se fue apagando con cada palabra, como un globo de helio que se desinfla.

—Más fuerte, por favor —repuso él—, recuerda que esta lectura es la primera nota del periodo, ponle emoción.

Como era obvio comencé a escuchar los murmullos y las burlas aga- zapadas, esas risitas donde se usa la mano para tapar la boca y así evitar que salga el sonido estridente que los delate. Yo me había vuelto el blanco de esas burlas, me daba miedo mirar a mi alrededor y la tensión la sentía sobre mis hombros como una quemadura he- cha por el sol.

—Profe, no puedo —contesté al borde del llanto—, si quiere yo hago un trabajo escrito.

—Lo siento, pero esto no es negociable —contestó él, tajante—. Par- te de una educación integral consiste en aprender a desenvolverte en público, a expresar tus ideas verbalmente, a interpretar un texto. Si ni siquiera puedes leer delante de un grupo conocido, como son tus com- pañeros, no podrás hacerlo ante extraños y eso afectará tu proceso. Es tu decisión: lo intentas y trato de evaluarte teniendo en cuenta tu situa- ción particular o simplemente te rindes y te dejo el cero.

Los murmullos empezaron: "No sabe leer", "Quién sabe de qué an- tro escolar viene", "Pobre Harry Potter", y así. El profe pidió silencio, esperando mi respuesta. No pude hacerlo, me senté temblando.

No entiendo por qué nos educan de una manera en la que debemos responder a unos estándares impuestos por una sociedad que nos valora según nuestra capacidad para resaltar en ella. Nos obligan a llegar a unas metas, a repetir de memoria unos conocimientos que a nadie parece importarle. Nos enseñan cosas que con el tiempo se van quedando obsoletas y nos piden a la fuerza que todos aprenda- mos al mismo tiempo y de la misma manera. Nos exigen que partici- pemos en una clase sin tener en cuenta el tipo de personalidad que tenemos, que escribamos igual, que pensemos de la misma manera. Yo no había respondido como el profesor esperaba, pero no era por- que no supiera leer, solo que no sabía hacerlo de la manera que mis compañeros lo habían venido haciendo por cinco años. El profe me puso entre la espada y la pared, no me preparó de una manera diferente, me atacó frente a mis verdugos esperando que me defendiera. Pues bien, preferí quedarme callada y ganarme un cero. Gracias, profe, por aumentar mis inseguridades.

En el descanso me ubiqué en una de las graderías de las canchas de fútbol como ya era costumbre. Ni siquiera quise abrir la lonchera, el desgano se había apoderado de mí. Al otro lado de la cancha, Vane tomaba sus onces mientras hablaba con sus amigas como si yo no existiera. En algún momento Fabiana me miró y me sacó la lengua, Ariadna se rio ante su ocurrencia, Margo tal vez no entendió de qué iba todo, pero también se rio, dejando escapar unas migajas de su boca y, entonces, Vane pareció percatarse de mi presencia y después de una breve ojeada hacia donde yo estaba bajó la cabeza, al parecer avergonzada. No entendía por qué me despreciaban tanto, era como si mi llegada al colegio hubiera venido a perturbar su aparente calma, como si pensaran que mi amistad con Vanessa pondría en peligro su ecuación perfecta. Pero bueno, después de todo, ellas no sabían nada de nuestra "incipiente amistad", así que no era una explicación plausible para su actitud. La abue me había enseñado que no hay que rogar por amor, que quien realmente te quiere, te busca; así que me convencí de que, si no me querían en ese grupo, no iba a forzar las cosas.

Gaby, como casi siempre, salió de la nada y trató de consolarme. Le contesté cortante, casi grosera, diciéndole que quería estar sola.

—No llores. Si quieres te puedo enseñar a leer como lo hacemos aquí. Así, la próxima vez que nos hagan evaluación, la vas a pasar.

Insistió en que fuera a jugar con él y sus amigos, me dijo que pensaban hacer unos lanzamientos de baloncesto. Le contesté que no solo los deportes no eran lo mío, sino que no necesitaba de su lástima ni mucho menos de la de sus amigos. Él se marchó visiblemente ofendido y yo me sentí mal casi enseguida. Gaby no merecía que yo descargara mi veneno contra él, pero tampoco lo seguí para disculparme.

¿Alguna vez has sentido que te caes mientras duermes? Dicen los que saben que esa sensación es causada porque las pulsaciones del cerebro bajan a casi cero y, por alguna razón, te olvidas de respirar, un estado similar a la muerte. No es algo agradable, eso provoca que te despiertes, asustada en la oscuridad, y que luego dormir sea casi imposible. Eso mismo me ocurría a mí, casi todos los días, con una no tan pequeña diferencia, que yo lo sentía aun estando despierta.

7

"¿Por qué actuar?
Porque qué pereza la vida real".

Alejandra Borrero

Este año la convivencia es en una casa de retiro cerca de Villa de Leyva, un pueblito encantador de clima frío a pocas horas al norte de Bogotá. Han pasado apenas unos días desde los quince de Vane y el ambiente en el salón se puede cortar con un cuchillo. Nos dirigimos por la autopista norte hacia la salida de Bogotá, voy en la segunda silla, detrás de la monitora y sor Beatriz, la profe de Religión, una de las monjas más jóvenes de la congregación. La silla junto a mí permanece vacía hasta llegar al primer peaje, parece como si el grupo entero me hubiera declarado la guerra. El bus se detiene por un momento mientras el conductor paga el importe. Yo miro por la ventana, el cabello desordenado me cubre parte de la cara, cierro los ojos, pero presiento que el sueño no llegará a mí tan fácilmente. Entonces percibo una presencia a mi lado, abro los ojos y descubro a Lucrecia

Ortiz mirándome, con una media sonrisa. La monitora intenta regañarla por cambiarse de puesto mientras el bus está en movimiento, pero ella le lanza una mirada asesina y abre ruidosamente un paquete de papas fritas, a pesar de que está prohibido comer en el bus.

Lucrecia tiene diecisiete años, perdió transición y décimo grado, por eso está repitiendo año. Se incorporó una semana después de nosotros porque su cupo en el colegio peligraba. A lo mejor por eso no se enteró de que rompí la tarjeta de quince de Vane y de todo el drama que hubo alrededor de eso. Lo único que sabe es lo que vio a la salida de la fiesta.

Las malas lenguas dicen que se hizo un tatuaje en forma de mariposa, justo donde la espalda cambia de nombre, un tatuaje de puta como dice Fabiana, aunque podría asegurar que en el fondo también quisiera tener uno, no sé, a muchos nos llama la atención la simbología que tiene ese arte sobre la piel. Me ofrece papas fritas, aún no comprendo por qué se sienta a mi lado. Recuerdo nuestro breve encuentro a la salida del cumple de Vane y el olor a cigarrillo de su ropa parece llegar a mí. Todas en el salón la odian y la mayoría de los chicos la desean, pero ella al parecer sale con alguien. Su presencia me hace sentir eufórica, como si el gesto de sentarse a mi lado fuera una especie de desafío hacia mis adversarios. En este momento hay dos bandos en el salón, el de las FAV y quienes las apoyan por mi supuesta afrenta contra Vanessa y en el otro bando estoy yo, completamente sola, como siempre he estado desde que entré a este colegio, con el agravante de que lancé un ataque directo contra una de sus integrantes más queridas. Ellas no perdieron el tiempo, usaron las redes sociales y los grupos de WhatsApp para decir cuanta cosa se les ocurrió sobre mí. Obvio, no me defendí porque no tenía caso hacerlo. Siempre aprendí de la abue que hay batallas que no se deben luchar. Gaby hace parte de los neutrales, junto con un par de seres, tan invisibles en el salón como yo, pero esos no cuentan. Y no es que ellos tengan miedo de las represalias, lo que sucede es que no viven el drama como sí lo hacemos los demás del grupo. El aparente apoyo de Lucrecia parece equilibrar un poco la balanza, aunque prefiero no hacerme ilusiones.

—Vamos a compartir habitación estas dos noches —me dice ella. Más que una petición parece una orden, pero no me importa, al contrario, la idea me provoca emociones inexplicables.

Me quedo un poco sorprendida por la forma en que toma esa decisión. Ella sigue comiendo e inclina la silla hacia atrás, pone sus rodillas en el espaldar de la silla delantera y se recuesta rompiendo todos los protocolos disciplinarios que existen en el colegio y que hablan de nuestro comportamiento en el transporte. Trato de establecer una conversación, de rebelde a rebelde, pero me encuentro hablando sola porque mi interlocutora saca su IPhone, pone su *playlist*, ajusta sus audífonos, le sube el volumen y me ignora por completo. Muero por saber qué tipo de música le gusta.

La convivencia comienza con la distribución de los grupos, las advertencias sobre no tener mal comportamiento, nada de cigarrillos, reglas impuestas sobre las horas de estar en el comedor, cumplir con las actividades, hora para apagar la luz y dormir, cero alcohol, nada de fumar y nada de que los chicos se pasen a los cuartos de las chicas o viceversa. Reglas que en su mayoría incumpliremos porque no hay nada más atractivo que lo prohibido. Se hace la famosa división de los grupos para dormir en los cuartos, hay lugares con capacidad hasta para cuatro personas. Tanto Lucrecia como yo hacemos fuerza para que no nos vayan a enviar a uno de esos. Nos ganamos la lotería, un cuarto solo para las dos. El día se me hace eterno, charlas somníferas sobre el poder del amor y el perdón, actividades donde todos pretenden ser perfectos, donde aparentan quebrarse, mostrarse vulnerables para quedar bien ante sor Beatriz y el sacerdote que acompaña el retiro. Son unos falsos, me digo, aunque sé que esas palabras también podrían aplicarse a mí. No he sido sincera con nadie, ni siquiera conmigo misma. Lo digo porque me guardo cosas que no quiero admitir, lo que soy, quien soy y lo que quiero ser. Me he mentido a mí misma y lucho con lo que llevo dentro; por todo eso, he sido igual de falsa a ellos. Me gustaba Vanessa y de algún modo eso traicionó nuestra amistad, pero hay cosas que no se pueden controlar, y elegir de quién te enamoras es una de ellas.

Cuento las horas para que llegue la noche. Hay una caminata muy larga que nos lleva hasta una colina, después debemos bajar y llegar hasta una cueva por la que es necesario atravesar. Nadie quiere mojarse, pero poco a poco el camino nos obliga a arrastrarnos entre el lodo y el agua, la oscuridad nos cubre y los miedos comienzan a hacer su aparición.

—Este camino es igual a la vida. Hay momentos en los que podemos estar abajo, es decir, nos llenamos de decepciones. Otras veces, aparecen los temores, pero tenemos que enfrentarlos. —La voz de sor Beatriz resuena en una caverna llena de murciélagos, mientras todos nos aferramos en la oscuridad a quien está a nuestro lado, sin importar quién sea.

De ahí seguimos por un túnel que parece un pasadizo secreto y que, para poder salir al otro lado de la montaña, obliga a escalar una pared casi vertical. Algunos chicos se ofrecen como voluntarios y junto con el guía comienzan a ayudar a los demás. Mi ansiedad me hace presa fácil de mis miedos y comienzo a sentir que no puedo respirar, tengo la misma sensación que en mis pesadillas recurrentes sobre estar en un baño sin puertas. Presiento que algo malo va a suceder. Voy cediendo mi turno a todos los demás hasta quedarme casi de última. Quedamos solo tres personas, Margo, Lucrecia y yo. El guía nos pide a Lucrecia y a mí que ayudemos a Margo, ambas tenemos que poner las manos entrecruzadas para servir de escalón, siento sus zapatos o, mejor dicho, el barro de sus zapatos en mis manos y hago un esfuerzo por obviar el asco que me da esa sensación húmeda. Trato de impulsarla con todas mis fuerzas, pero ella no colabora, al contrario, en vez de estirar su cuerpo y sus manos para que los de arriba la ayuden a llegar a la meta, Margo hace contrapeso y parece encogerse.

—Eso es autosabotaje. Si crees que no puedes, jamás lo vas a lograr.
—La voz del guía no parece tener la frustración que sentimos todos.

Finalmente lo logramos después de un par de insultos y amenazas de Lucrecia, quien a su vez sube como si fuese la mejor escaladora. Me quedo allí casi en la oscuridad, con el temor de avanzar, me autosaboteo al igual que lo intentó hacer Margo. No creo poder hacerlo, a lo que el guía responde:

—Ya llegaste hasta aquí. Tienes dos opciones: no te atreves y te devuelves en medio de la oscuridad, tratando de no perderte en el camino, o haces un esfuerzo y sigues adelante con nosotros y llegas al otro lado. Esto es como tu vida. ¿Quieres regresar a los errores de tu pasado?

Este *man* se cree el dalái lama, pienso mientras miro al vacío oscuro que hay detrás de mí. Luego subo la mirada y sigo las instrucciones de Lucrecia. Pie y mano derechos arriba, luego mano y pierna izquierdas en el escalón de apoyo un poco más arriba, después estirar la mano derecha y, al sentir el jalón, apoyarse con los pies para el último impulso. Me raspo contra las piedras, me raspo los codos, las manos, las rodillas y el alma.

Mierda, la salida está a quince metros y yo como una estúpida me quería devolver. Me quedo pensando en lo que dijo sor Beatriz y el "dalái criollo" y todo me da vueltas, parece que me lo dijeran para tratar de hacerme entender algo, algo que ni yo misma sé qué es.

Después de las actividades de reflexión y de llegar casi a la hipotermia, regresamos a la casa de retiro para poder bañarnos y mudarnos de ropa. Estoy exhausta, me pesa el cuerpo, me pesan mis miedos, me pesa todo mi ser. Me baño y veo el lodo deslizarse por mi cuerpo como si algo malo me abandonara, trato de lavar mis culpas junto con la ropa y dejo que el agua corra. Lucrecia se desespera por mi demora en el baño, me dice que vamos a llegar tarde a la cena y al momento de oración. Hago caso omiso a sus palabras y me tomo mi tiempo.

Cuando llegamos al comedor, sor Beatriz nos advierte que deberíamos estar cinco minutos antes, que no podemos llegar sobre la hora. Todos nos sentamos en las mesas y el bullicio se hace notar, la campana de sor Beatriz muestra el adoctrinamiento al que estamos sometidos, años y años de escuchar ese tintineo logran que callemos casi de inmediato y que nos levantemos para la oración de agradecimiento. Escucho el murmullo de la oración aprendida y me quedo pensando en lo que sucedió esta tarde en la cueva —no puedo devolverme a los errores del pasado, debo continuar— y sigo pensando en las palabras del guía y sor Beatriz. Me siento exhausta de que todo sea encriptado, que los adultos utilicen metáforas para hablar y no me digan las cosas de frente. Ese cansancio se apodera de mi mente y de mi cuerpo, no quiero saber de nada ni de nadie, incluso me abstengo de cenar y me retiro temprano a la habitación después de un par de bocados. Lucrecia me pilla una hora más tarde mientras me lavo los dientes y se burla de mi pijama azul oscuro con dibujos de ovejitas, pero sé que no es nada personal, ella es ruda con todos. Un poco gótica, como diría papá, así que estas cosas tan tiernas no le van.

Salgo del baño y me envuelvo entre las cobijas como una larva. Ella me ofrece un cigarrillo, al parecer es su manera de romper el hielo, pero después de mi primera experiencia con la nicotina decido dejar hasta ahí ese vicio, sin lugar a duda eso no es lo mío. Ella se encoje de hombros y sin pudor alguno se quita la ropa delante de mí. Miro hacia la pared, creo que incluso me he sonrojado. La desnudez propia y la ajena me causan cierta sensación que no sé describir.

—Tranquila —me dice—, no pasa nada, ambas somos chicas y tenemos lo mismo, ¿no? —Se ríe mientras lo hace.

La miro de reojo y confirmo que "tener lo mismo" es una manera divertida de pensarlo, porque no tengo su piel bronceada, ni sus piernas tonificadas y mi cabello parece el nido de un pájaro. Desde mi desafortunado autocorte de pelo, dejó de ser mi mejor atributo, como decía papá. La ropa interior de Lucrecia no hace juego, pero definitivamente ella no es de las personas a las que les importan esas nimiedades. Se recoge el cabello oscuro en una moña alta y descuidada. Después de ponerse una camiseta negra de una banda de *rock* que me encanta, se sienta a los pies de mi cama. Aún no he visto ese tatuaje del que todos hablan, creo que no es más que una patraña, una de tantas que se han tejido en torno a su reputación.

—¿Eres virgen? —me pregunta de la nada, mientras se abraza a una almohada. Sus ojos negros, fuertemente delineados del mismo color, parecen traspasarme.

No sé a qué viene esa pregunta tan personal, pero de algún modo no siento que Lucrecia sea intrusiva, simplemente es transgresora. Me incomoda un poco. Siento que no debo contestar, no somos amigas y no quiero contarle eso a nadie, pero por esas cosas que me dan y que no comprendo, resuelvo abrir mi boca.

—Sí, nunca he tenido novio —le contesto sonrojándome de nuevo.

—Sabes que no hay que tener novio para eso, ¿verdad? Basta con tener un buen amigo —continúa ella—, no abras así los ojos, pareces una lechuza.

Dejo que se ría un poco a mi costa, al parecer encuentra divertida mi inexperiencia o mojigatería y eso no me molesta. Otra vez me veo sorprendida por su forma de hablar sobre ese tema. Aunque ella nota mi dificultad para decir cosas íntimas, no le importa y sigue como si nada pasara.

—Supongo que habrás escuchado historias sobre mí —me dice—. Acá entre nosotras, te confieso que la mayoría no son ciertas, pero me encanta alimentar el morbo de las personas, en especial el de las puritanas de las FAV, esas que son material de esposa-trofeo, que se creen tan perfectas, tan buenas cristianas, pero no hacen sino hablar de los demás a sus espaldas o rechazarte por ser diferente.

Todo lo que ha dicho acerca de las FAV desde que la conocí me lleva a pensar que siente una rabia particular por ellas, o al menos por alguna, pero decido ignorar el hecho y no indagar sobre asuntos de los que prefiero no saber.

—Toda la vida he escuchado que debes destacarte, salirte del molde —le contesto—, pero la realidad es que cuando lo intentas te conviertes en la persona rara. A mí no me importa lo que digan de ti, tampoco si es verdad o mentira. Me caes bien.

—¿Sabes? En las pocas semanas que te conozco nunca te había escuchado decir dos palabras seguidas, pero te he analizado y siento que eres de esas personas que no se entregan a los demás tan fácilmente.

Decido que Lucrecia me agrada, y mucho. Es muy madura, no solo porque es mayor que yo, es madura incluso para su edad. Su rebeldía tiene cierto encanto, ella rompe el molde de todas las demás, parece ser sincera. Habla de frente y sin tapujos.

—Me inspiras confianza —me dice mientras suelta despacio el humo del cigarrillo—, y no es algo que ocurra a menudo, por eso te voy a contar algo sobre mí, lo que quieras saber.

No se me ocurre otra cosa que devolverle la pregunta que me hizo hace un rato, aunque creo saber la respuesta. Me dice que no, que no es virgen, que ha estado con varias personas y que sus noviazgos han durado entre tres y seis meses, pero que considera que la virginidad no es más que un rótulo, que prefiere decir que inició su vida sexual en lugar de señalar que perdió algo irrecuperable y que ese hecho no la hace menos valiosa, como sí parece señalarlo la sociedad. Me cuenta que para ella el amor no tiene género y que ha podido querer a hombres y mujeres por igual. Me habla de una exnovia a la que quiso mucho y a la que sus padres enviaron a otra ciudad para alejarla de ella.

Me muero por interrogarla sobre su noviazgo con otra chica, qué se siente, cómo es, pero escojo preguntarle si prefiere los chicos a las chicas, me parece una manera de alimentar mi curiosidad sin resultar demasiado obvia respecto a mis preferencias. Me recalca que por ahora le gustan por igual, que aún no sabe si es bisexual o si con el tiempo optará por definirse definitivamente, que prefiere no ponerle etiquetas a lo que vive, a lo que siente, y que actualmente está saliendo con una chica sénior, pero ambas se están tomando su tiempo, no quieren apresurar las cosas. Confiesa que es la primera relación seria que ha tenido en mucho tiempo, se le ve feliz.

No puedo evitar sentirme un poco celosa. Lucrecia sabe lo que quiere, y lo que aún ignora parece no importarle, es una mujer que fluye, pero que no le da miedo nadar en contra de la corriente si es necesario, su carácter es fuerte y la percibo tan distinta a mí que no puedo evitar el querer impregnarme un poco de ella, de lo que sea que irradie. Aún no sé si es luz o es una oscuridad tan atrayente como peligrosa.

Quisiera decirle que a mí también me gustan las chicas, que todos los días siento que no puedo con esto que llevo dentro y que me hace diferente a las demás. Que mientras todas a los doce años hablaban de chicos, yo me sentía a gusto en compañía de otras chicas..., de una en especial. Desearía contarle que me enamoré de la que consideraba mi mejor amiga y tal vez destruí esa amistad por tonta. Que a veces me siento culpable por estos sentimientos que crecen dentro de mí y que me duele cuando mi padre y sus amigos hacen chistes homofóbicos, que lloro cuando profesores y estudiantes discuten sobre la "monstruosidad" que significa lo que soy, lo que es Gaby y lo que es ella. Entonces trato de esconderme detrás de todos mis dramas, trato de tapar el sol con una mano, y sonrío dejándome llevar por la corriente.

No hago preguntas y trato de actuar "normal", como si yo tuviera muy claro todo lo que ella me cuenta.

Nos reímos de cosas sin sentido, imitamos a algunas personas del curso, a sor Beatriz, a Fabiana, a Vanessa, y creamos nuestro propio mundo perfecto. El sueño me vence y no me da tiempo de más.

Al día siguiente tenemos la tradicional caminata hasta una cascada. Las FAV van unos veinte metros delante de mí, tomadas de los brazos como si esto fuera un pícnic. Cada una luce ropa de gimnasia que hace juego, hasta los tenis combinan. Llevan el cabello recogido casi de la misma manera y solo hasta ahora me percato de esa simbiosis enfermiza que hay entre ellas. No por lo que se ve a simple vista, eso al fin y al cabo es superficial, sino por lo dañinas que pueden ser ese tipo de relaciones en las que el pensamiento individual se pierde y las opiniones se negocian. Recuerdo las palabras de Gaby la primera vez que hablamos: "Parece que cada una sacara lo peor de la otra", y sonrío pensando en que él nació viejo porque siempre parece tener la razón y ve más allá de lo obvio, como un abuelo sabio.

Lucrecia no vino a la caminata, se excusó diciendo que le dolía la cabeza, pero creo que simplemente está trasnochada. La sentí navegando en su teléfono o chateando, no lo sé, pero fue hasta altas horas de la noche, a pesar de que a las nueve y media en punto apagaron las luces, aunque yo le rogué que se durmiera.

Sin dejar de caminar, cierro los ojos por unos segundos y me concentro en el sonido acompasado de mis pisadas contra la gravilla del camino, en el rugido del viento, en el aroma a tierra húmeda, que es tal vez mi olor favorito en el mundo después del perfume floral de la abue.

Abro los ojos y levanto la mirada. Me doy cuenta de que estoy sonriendo, que todo lo que me rodea me hace feliz por un microsegundo. Entonces las FAV se detienen, parecen esperarme. Me siento incómoda, pero no me detengo sino hasta que las alcanzo, solo porque ellas me bloquean el paso.

—¿Dónde dejó a su nueva amiga? —me pregunta Ariadna resaltando con ironía la palabra "amiga".

No le contesto, la respuesta es obvia y fue formulada con el único propósito de molestarme, así que la miro frunciendo los labios, queriendo decirle que su pregunta es muy estúpida.

—No pierdas el tiempo —dice Fabiana dirigiéndose a su amiga—, recuerda que la pobre Miranda es muy "reservada" —continúa con el tono condescendiente que tanto odio.

—Si Margo no nos hubiera rogado por estar en nuestra habitación —me dice Vanessa—, habría compartido la habitación con Lucrecia y a ti te hubiera tocado dormir sola.

Sueltan una risa sarcástica. Me molesta que den por sentado que soy así de prescindible, la última opción, pero tienen razón, es la primera vez que duermo con alguien más en estas convivencias.

El grupo de Gaby nos alcanza y entonces las FAV me dan la espalda y siguen su camino después de destilar su veneno contra mí.

—Hola, extraña —me saluda Gaby pasándome el brazo por el hombro mientras nos ponemos en marcha de nuevo.

—¿Es mi impresión o creciste desde la última vez que nos vimos? —le pregunto, pero es más una manera de hacer notar que hace rato no hablamos.

—Te recuerdo que nos vemos a diario, pero tenemos una conversación pendiente desde el cumpleaños de Vanessa.

—No me recuerdes ese día —contesto sacudiendo la cabeza, tal vez como una manera de alejar esos malos pensamientos.

—¿Y qué querían las FAV? ¿Elogiarte el *look*? —pregunta riéndose como un tonto mientras yo le doy un codazo.

Me miro los pantalones, o más bien lo que queda de ellos, y caigo en cuenta de que acabo de salir bien librada de mi encuentro con las FAV. En julio pasado, días después de mi cumpleaños, papá me regaló unos pantalones rojos que no tardé en dañar, sin querer, con un marcador permanente en la parte inferior. Por miedo al regaño de papá, traté de limpiar la mancha con algo que había en un frasco junto a la lavadora. Ese día descubrí que el Clorox barre con cualquier mancha, pero se lleva consigo el color de las prendas. No tuve más remedio que convertir el pantalón en un *short* hasta las rodillas para intentar salvarlo. De lo que no me salvé fue del regaño de papá y, con razón, quedé ante él como una desagradecida y descuidada.

Gaby me sigue como si fuera mi sombra, me pregunta por Lucrecia, me lanza chistes de doble sentido y quiere saber si algo pasó entre nosotras. Lo miro y resoplo para hacerle saber que no me gusta su comentario. Él no se da por vencido e insiste con sus preguntas, trata de descubrir en mis ojos las respuestas que no le doy con palabras. Si hay alguien que ha aprendido a leerme, es Gaby.

—Todo el mundo sabe que Lucrecia Ortiz no deja títere con cabeza. Mi amor, si ella te pidió que fueras su compañera de cuarto, es porque le gustas y trata de saber si estás dispuesta a algo. Ella es una buena persona, pero no es la clase de chica con la que te debes enredar.

Gaby se adelanta para alcanzar a Manu mientras me deja clavada una espina, ese comentario tiene mucha lógica y mi cabeza da vueltas porque todo me hace clic. Mi amigo tiene un don que le permite escanear a la gente y conocer sus intenciones, tal vez por eso ha logrado mostrarse tal como es, sin que le importe el qué dirán. Creo que por esa razón él no sufre de la manera que lo hago yo. Lo veo girar hacia mí diciéndome que tenemos que hablar en serio, sonrío y entiendo que puedo contar con él para lo que sea.

Regresamos de la cascada después de pasar un par de horas agradables jugando en el agua y haciendo actividades sobre la confianza y el trabajo en equipo. Nunca me ha gustado estar con la ropa empapada y llena de barro, me siento pesada y cada paso me cuesta. Al parecer, la mayoría de mis compañeros están tanto o más cansados que yo. No sé qué tiene el agua que nos hace comportarnos como niños, mojar a otros, salpicarlos, empujarlos para que se mojen, parece estar en nuestro ADN. Sor Beatriz y el guía se ponen a la par con nosotros, ella desde la orilla y discretamente. Me río con todos y de todos, dejo de ser invisible, dejo de sentirme miserable, por un momento todos somos iguales.

Mi cansancio me doblega y solo puedo pensar otra vez en una ducha caliente como recompensa y en comer algo que me devuelva todas las energías que perdí. Lucrecia permanece en la habitación, dormida aún a juzgar por el bulto compacto que ocupa su cama. Procuro hacer el menor ruido posible, pero, incluso así, al salir de la ducha ella ya está despierta y de buen humor. No sé cómo reaccionar a su mirada silenciosa, a su sonrisa encantadora. Muchas cosas malas se dicen de Lucrecia, pero, la verdad, siento que todo eso lo dicen porque ella no encaja en lo que esta sociedad quiere. Es una chica con problemas que ve el mundo de manera diferente, eso al común de la gente no le gusta, ella no actúa "normal" y por eso la llaman desadaptada. Se pone de pie sin decirme nada, abre su maleta y saca sus elementos de aseo, se dirige al baño y cierra la puerta. Toma una ducha ligera mientras la espero, no tarda en vestirse y arreglarse, y salimos a almorzar juntas.

Me regocija que nos vean en público, en especial las FAV, me encanta que nos miren riéndonos como si fuéramos amigas de toda la vida. La conversación con Lucrecia fluye, me siento diferente, más liviana. No hago nada de esto para que Vane sienta celos, sino para que se dé cuenta de cuán reemplazable es.

—Y esas, ¿de qué se reían ayer en el bus antes de que me sentara contigo? —me pregunta Lucrecia señalando con la cabeza hacia la mesa de las FAV.

—Desde que éramos niñas buscan la manera de molestarme con algo, lo que sea, en especial Fabiana. Me odia desde siempre y no sé por qué —contesto—. Ayer, por ejemplo, las escuché diciendo que yo me la paso comiendo todo el tiempo, pero que lo único que se me engorda es la cabeza.

—No es más que envidia, no les hagas caso. Ignóralas y dejarán de ejercer poder sobre ti. Buscarán otra víctima, eso te lo aseguro.

—Ojalá tuviera esa actitud zen —le contesto sonriendo—. Intentaré ignorarlas, debí hacerlo hace tiempo. —Agacho la cabeza porque me doy cuenta de que me he desgastado en vano al sufrir por lo que las FAV dicen de mí.

—Yo de zen no tengo nada y tú tampoco deberías tenerlo —me dice bajando un poco la voz—. A esas tres lo que les hace falta es que alguien las pare y les dé una cucharada de su propia medicina. ¿Aún ayudas al profe de Educación Física? Se me acaba de ocurrir una idea, solo debo madurarla.

Yo era una especie de auxiliar del profe. Como nunca he sido buena en deportes, ni en nada relacionado con actividad física, siempre estoy haciendo canjes. El último de ellos consistió en ayudarle a llevar las planillas de calificaciones, organizar las notas parciales, sacar promedios, entre otras cosas, para luego subir las notas definitivas al sistema. Todo esto a cambio de no darle vueltas a la cancha, ni participar en la clase de zumba de los martes cada quince días, ni mucho menos jugar vóley. Mi experiencia con ese deporte en especial es poco menos que desastrosa. Las veces que tuve que jugar, llegaba a casa con los antebrazos hinchados y enrojecidos, cuando veía que el balón se aproximaba cerraba los ojos. Sobra decir que eso no es recomendable, en ninguna circunstancia, se corre el riesgo de morir aplastada bajo el peso de un balón. Papá siempre dice que soy una exagerada. Ariadna, por su parte, es la mejor del curso y de todo el bachillerato en deportes de equipo, en especial en vóley. La última vez que el profe tuvo la brillante idea de inculcarme "el amor" por ese macabro invento, quedé en el grupo que se enfrentaba a Ariadna y otras chicas que jugaban más o menos bien. Yo era el eslabón más débil de mi grupo, y eso que me correspondió junto a la cada vez más abullonada y sedentaria Margo. El juego fue una calamidad de principio a fin, me choqué contra Margo un par de veces, rebotando en ella y cayendo al suelo, cerré los ojos en lugar de responder cuando el balón venía contra mí y, lo peor de todo, recreé una escena de una de

77

las comedias favoritas de papá, *La familia de mi novia*, cuando por fin me elevé cual gacela en el momento en que debía, recibí el balón de manera perfecta, casi en cámara lenta, y le di con fuerza clavando el balón hacia el piso y sin tocar la red, a la vez que un grito triunfante y espeluznante salía de mi garganta, con tan mala suerte que el balón del demonio agarró para otro lado y las cosas terminaron mal. Ese día no solo le rompí la nariz a Ariadna, sino que me llamaron violenta, agresiva, entre otras cosas que prefiero no recordar. Desde entonces los deportes y yo terminamos definitiva e irrevocablemente.

Tal vez por eso, cuando el profe organizó otro partido y le ofrecí un canje, él no lo dudo; al contrario, pareció aliviado y me propuso que lo ayudara con las calificaciones. No era algo ilegal ni mucho menos, pero tampoco estaba bien visto que una alumna tuviera acceso a la clave y usuario de un profesor en el sistema de notas del colegio. Él me pidió que no lo comentara con nadie, creo que la única que lo sabía era Vane, por eso me sorprende que Lucrecia lo sepa y que esté tramando quién sabe qué cosas. Terminamos de comer en silencio, la veo sonreír como si estuviera satisfecha por algo. Esa tranquilidad malsana no me da buena espina.

8

"Madurar es perder algunas ilusiones para empezar a tener otras".

Virginia Wolf

Es curioso, aunque dicen que los seres humanos somos resilientes, es decir, que tenemos la capacidad de adaptarnos a situaciones adversas, de puertas para afuera parecía estar haciendo una nueva vida, pero hacia dentro estaba en ruinas porque los fantasmas siempre regresan, dispuestos a atormentarnos.

Estoy en el colegio, pero no quiero estar en clase. No entiendo nada de lo que la profesora dice, parece como si hablara un idioma que me es desconocido. Miro a mi alrededor y me siento en el lugar equivocado. Hasta ayer, aquellas no eran mis compañeras de clase. ¿Será que me cambiaron de curso y no lo recuerdo? Mi uniforme también luce diferente, incluso mis manos y el color de mis uñas que no puedo dejar de mirar. Son azules, aunque está prohibido llevarlas pintadas, en especial si estás en quinto de primaria. Las escondo.

De repente, siento la necesidad irrefrenable de levantarme de mi puesto, de refugiarme en el baño como tantas veces lo he hecho. Salgo sin que nadie lo note y camino por pasillos que se asemejan a los de una biblioteca antigua. Todo es brumoso y parece que caminara en el aire, como sobre cojines mullidos.

Después de perderme un par de veces y de estar a punto de olvidar mi objetivo, finalmente logro llegar a los baños que, como todo en este día, parecen estar fuera de lugar. Aún no puedo precisar qué es lo que parece tan diferente de otras veces.

Sé que es asqueroso y antihigiénico, pero a veces tomo mis onces en este lugar, lejos de las miradas y las burlas de mis compañeros. No es extraño que pase aquí horas interminables hasta que notan mi ausencia en clase y la prefecta de disciplina pasa a buscarme. Me siento en una de las tazas mientras orino y en mi mano aparece una galleta con chips de chocolate. No debería comerla, papá a veces insinúa con la mirada que estoy gorda. La tentación me puede y la galleta parece mirarme, casi suplicarme que la muerda, pero no alcanzo a hacerlo. En ese momento, ya terminando de orinar y mientras busco el papel desesperadamente y sin éxito, entra un grupo de niñas al baño. Las miro, pero ellas parecen no verme, y en ese momento me percato de qué es eso tan extraño y fuera de lugar. En aquel lugar no hay ninguna pared.

Desperté asustada en medio de una oscuridad total y al mirar el reloj que estaba en mi mesita de noche me di cuenta de que ni siquiera era la una de la mañana. Les temía a los sueños recurrentes y el del baño sin paredes me recordó los que tuve cuando se fue mamá, como si la mente nos jugara malas pasadas cada vez que perdemos algo que damos por sentado. Hasta el día anterior yo creía que sabía leer, en mi anterior colegio nunca tuve problema con las notas y jamás había sacado un cero. Recordé las burlas de mis compañeros, el desespero del profesor y la supuesta lástima de Gaby.

Volví a llorar a solas, tal como lo hacía al menos una vez por semana al regresar del colegio en el regazo de la abue. Ella siempre dejaba que yo me desahogara, que sacara todo, sin decirme que no era nada, sin menospreciar los sentimientos que me embargaban. Con papá era diferente. Ante él, casi en un acuerdo tácito, debía mostrarme fuerte. Papá les restaba importancia a mis problemas, decía que eran bobadas de niñas ociosas, que si mantenía la mente ocupada podría ver las cosas en perspectiva. Por eso con el tiempo dejé de contarle lo que me pasaba y me lo empecé a guardar, o cuando la abue tenía tiempo se lo contaba. Me encantaba sentir sus manos tibias acariciando mi pelo, observar el color plateado de sus cabellos, sentir su aroma a flores, sin importar la hora del día, como si el perfume que se aplicaba en las mañanas se negara a dejar su piel durante muchas horas.

—¿Por qué no sales a jugar con los niños del conjunto? —Era la pregunta recurrente de papá, como si hacer amigos fuera algo mágico, como si todos tuviéramos la capacidad de congeniar con solo desearlo.

En mi defensa debo decir que al menos lo intenté. Un día, haciendo acopio de todo mi valor, salí al parque y me acerqué a un grupo de vecinos de mi edad que trataba de ponerse de acuerdo para jugar a las escondidas.

—¿Puedo jugar? —pregunté dirigiéndome a uno de los niños, el que parecía el líder de la "pandilla" por la forma en que hablaba, mientras me subía las gafas que se habían resbalado hasta la parte baja de mi nariz.

—Pues juegue —contestó.

Yo no era tonta, supe enseguida que esas dos palabras no encerraban una invitación, más cuando salió corriendo, dejando tras de sí la estela de una risa burlona.

Te preguntarás la razón por la que te cuento estas cosas. Ya te dije que soy un poco desorganizada para relatar historias, pero quiero que comprendas por qué acepté todos estos años el trato que Vane me ha dado. Eso de ser enemigas en el colegio y amigas en la casa suena un poco extraño, pero al final de cuentas se convirtió en mi salvavidas. Nadie, absolutamente nadie, había logrado hacerme sentir como lo hacía mi "amiga falsa". No sé si fui yo la que se aisló del mundo, pero, como verás, el mundo tampoco ha hecho nada para aceptarme. He perdido la fe en todo lo que puede creerse, en un dios, en mí, en papá. Dejé de creer porque nadie me ha hecho sentir que vale la pena hacerlo, o al menos eso creo yo. Las palabras dejaron de tener significado, están vacías y no tienen poder sobre mí. En fin, cuando todo comenzó a descomponerse en el colegio, es decir, cuando las FAV se fueron contra mí, yo no supe qué hacer ni qué decir, solo iba del colegio a la casa y de la casa al colegio como si fuera un ente que no piensa por sí mismo.

Pocas semanas después de haberme ignorado por primera vez, Vanessa me hizo llegar una nota con Gaby. Ella sabía que él y yo éramos cercanos y decidió utilizar ese último recurso para acercarse de nuevo a mí. En la nota me pedía que le diera una oportunidad y fuera a su apartamento ese viernes. A esas alturas, y después de tanto tiempo sin hablarnos, comenzaba a extrañarla a pesar de su rechazo y sus desplantes. Necesitaba desesperadamente un espacio diferente a mi casa y el colegio, un lugar adonde escapar cuando las cosas se tornaban difíciles.

Ese viernes dejé atrás mi orgullo, recorrí el camino bien conocido hasta su conjunto y me recibió en la puerta de su apartamento con un abrazo, abrazo que no rechacé porque lo deseaba y lo necesitaba, me quedé unos segundos oliendo su cabello, segundos que se volvieron una eternidad. Creo que así se siente la toxicidad en las relaciones enfermizas. No hubo charla ni reproches, como si hubiéramos estado en pausa y estuviéramos retomando desde donde lo habíamos dejado. Volví a esa casa donde el orden y la disciplina se pueden oler en el ambiente, con la tensión que producen las reglas excesivas y que lo hacen tan tétrico como atrayente, al menos para mí. Recuerdo que jugamos Monopolio y en la noche cenamos pasta carbonara con sus papás, hablamos del colegio, de los sueños y de todo lo que se puede hablar cuando se tiene esa edad. Bebimos agua en copas de cristal y tomamos de postre algo francés, cuyo nombre no pude pronunciar, pero que me supo a un pedazo de cielo. Me sentí tan feliz que el lunes siguiente, cuando ella en el colegio hizo de nuevo como si no me conociera, me dieron muchas ganas de llorar. Cada lunes, sin falta y a partir de ahí, ella me hacía llegar una notica con Gaby, que se convirtió en el soporte de aquella amistad, al menos durante las horas escolares.

Esas sencillas notas me sostenían el alma hasta nuestro siguiente encuentro y con el tiempo me acostumbré a esa especie de dualidad que habitaba en ella. Acepté aquel arreglo del que nunca hablamos y que, de cualquier manera, me hizo medianamente feliz. Creo que a mí no me importaba porque en mi ingenuidad infantil idolatraba a Vane. Por un lado, ella era una de las FAV, un grupo que empezaba a consolidarse como el de las niñas más populares del salón, de esas que miraban a los demás por encima del hombro, de las que eran no solo lindas sino buenas en todo; por otro lado era mi "amiga" a escondidas, una niña dulce, divertida, que me hacía creer que, llegado el momento, elegiría nuestra amistad por encima de todo.

Vane empezó a ayudarme con el tema de la lectura en voz alta, así como también en Matemáticas.

Ella era muy buena académicamente, pero le iba pésimo en Español, así que yo le echaba una mano con las tareas escritas de esa materia, tareas en las cuales a mí me iba mejor gracias a mi excelente ortografía y a mi habilidad para comprender textos complejos. Era un buen trato para ambas, al menos esa parte de la amistad, porque en el colegio yo sufría mucho con sus desaires, con su distancia, con la forma en que me ignoraba. Hubiera querido que me eligiera sobre sus otras amigas, tenerla para mí sola. Sí, mi cariño hacia ella era así, egoísta, y no me causaba remordimiento admitirlo. Fabiana y Ariadna no valían la pena, no lo habrían dado todo por Vane, yo sí.

Aparte de sentarme en las canchas, solía pasar el descanso en la biblioteca, "embriagándome" de historias. En casa no tenía muchos libros porque papá era pragmático y el tema recurrente de la falta de dinero hacía que no comprara nada que no pudiera obtener en otro lugar, ya fuera internet, la biblioteca de la casa de Vane o la del colegio.

Pero mi lugar favorito era el pasamanos amarillo ubicado detrás de las salas de profesores. Era un pasamanos solitario, oxidado, desubicado, en desuso; en cierto modo se parecía un poco a mí. Allí, colgada bocabajo, balanceándome ligeramente, intentaba repetir las líneas que recordaba del libro del plan lector, como una manera de empezar a vencer el temor de leer en voz alta. Lo hacía recordando las recomendaciones de Vane sobre la importancia de interpretar bien, gesticular, vocalizar, saborear cada palabra. Recuerdo que faltaba una semana para terminar el año escolar antes de pasar a bachillerato. La psicóloga de primaria me descubrió y me enteré, no porque hubiera ido hasta el pasamanos a hablar conmigo o a pedirme que me bajara, sino porque al día siguiente papá tenía en su correo un informe de ella, donde decía que yo hablaba sola, que no compartía con nadie en los descansos, que hacía muecas como si tuviera un amigo imaginario y que recomendaba un acompañamiento psicológico, aún más teniendo en cuenta mi compromiso académico y la ausencia de mi madre. Mi cupo en el colegio peligraba, todo por un malentendido. Papá no quiso escucharme, aunque traté de explicarle por todos los medios posibles. Me dijo por teléfono que ya era hora de crecer, de ser un ejemplo para mi hermano, que no podía perder el cupo porque a esas alturas dónde iba a conseguir otro colegio, que dejara las excusas y madurara. Me guardé las lágrimas hasta que colgué y lloré bocabajo en mi cama, con la almohada tapándome la cabeza para impedir que mi abue me escuchara. No quería ser una molestia para ella también, tenía que entender, de una vez por todas, que estaba sola en el universo, que no podía confiar en nadie más que en mí, que el mundo era un lugar hostil donde solo sobrevivía el más fuerte, y que este mundo me estaba doblegando.

Un par de semanas después empecé mi terapia psicológica los sábados cada quince días, terapias a las cuales debía asistir con papá por ser menor de edad. A él le causaba menos gracia que a mí, pero era un requisito indispensable para poder matricularme. No me gustaba contarle mis cosas íntimas a un extraño y menos delante de papá, así que en la primera sesión no abrí la boca. Papá me echó en cara que mi omisión le costaba tiempo y dinero, por lo que, con esfuerzo, en las siguientes dos sesiones opté por decirles lo que supuse querían escuchar, que efectivamente hablaba con un amigo que veía únicamente en el colegio, que me invitaba a jugar a ese pasamanos y por eso me gustaba tanto ese lugar, que no me decía que hiciera cosas malas contra mí o contra otros, que ese supuesto amigo imaginario no había sido el culpable de que me cortara el pelo casi un año atrás, que era consciente de la importancia de empezar a socializar con otras personas.

El mundo me imponía sus reglas otra vez y me remarcaba que, si quería ser parte de algo, debía aceptar sus condiciones.

Un papel demostraba que no era un peligro para otros y mucho menos para mí.

Miranda acepta que tiene un amigo imaginario y comprende que este es irreal, es decir, que ella distingue esa "presencia" de las de sus compañeros de colegio y amigos. Es un proceso normal que busca reemplazar la ausencia de su madre en esta etapa preadolescente. Por lo demás, no existen razones para alarmarse ni para solicitar una remisión a psiquiatría.

Mis terapias terminaron un mes después de empezar y con ellas cumplí con el requisito para poder matricularme en bachillerato, pero jamás regresé al pasamanos amarillo.

9

*"Has volcado mi universo
y con un solo beso has parado mi tiempo,
canta por dentro un corazón
que late muy lento cuando estoy sin ti".*

Pablo Alborán

En las últimas semanas he pasado mucho tiempo con Lucrecia, tanto en el colegio como fuera de él. A papá no le cae muy bien, dice que me ve más rebelde y la culpa de mis malas notas. Pero papá nunca me ha ayudado con una tarea, su respuesta para todo es: "No tengo tiempo, búscalo en Google". Es así como durante años he tenido que mirar tutoriales en YouTube para poder hacer las tareas de Matemáticas, porque los números y yo somos incompatibles. Por eso me molesta cuando se las da de "padre preocupado", cuando ambos sabemos que él solo tiene ojos para mi hermano Juanjo, quien cumplió seis este año y es cada vez más y más molesto. Cuando era más pequeño, la abue se encargaba de él la mayoría del tiempo, pero con el avance de su enfermedad a veces olvida darle de comer o que es la hora de su siesta. Papá me ha pedido que esté más presente en casa, que lo ayude más con mi hermano, tal vez cree que de ese modo se despertará el amor fraterno. O tal vez piense que, por ser mujer, tengo instinto materno. A veces siento que eso es imposible, porque mientras yo no le pertenezco a nadie, papá y Juanjo se pertenecen mutuamente. Él le dedica el poco tiempo que tiene libre, juega con él, le enseña sobre fútbol y lo lleva a piñatas y a parques para niños. Yo no puedo sentir a Juanjo parte de mí, él es la viva estampa de mamá y el solo hecho de mirarlo me duele.

Por otra parte, la abue es ahora la sombra de la mujer fuerte y dinámica que solía ser, verla resquebrajarse día a día me parte el corazón. Esa es la principal razón para no querer estar en casa, las tres personas que más debería amar en el mundo me lastiman sin saberlo, sin que sea su intención, por eso prefiero llegar tan cansada que no tenga que ver a nadie, solo desmayarme sobre la cama porque ni siquiera quiero estar conmigo misma.

Con Lucrecia todo es diferente, excitante, se ríe de mis bobadas, me hace sentir importante, confía en mí. Nuestra amistad es diferente a la que tuve con Vane. Lucrecia no es cariñosa ni le gusta estar en su casa, en eso nos parecemos. No conozco a sus padres, mientras que a los padres de Vane los consideraba una extensión de mi familia. No sé por qué las comparo, tal vez porque son las únicas amigas que he tenido en la vida y, de paso, las dos únicas mujeres que me han atraído. Pero con Lucrecia no debo cometer el mismo error que con Vane, ni dejarme llevar por un enamoramiento que dañe esta amistad que tanto valoro. Es solo admiración, cariño, me digo, pero no puedo evitar sentir que se me sacuda el estómago cada vez que la veo.

Lucrecia me hace feliz, y la mejor venganza contra los que me han abandonado o vulnerado es precisamente eso, ser feliz, porque ellos han dedicado tanto tiempo y esfuerzo a borrarme la sonrisa de la cara que el hecho de sonreír, por primera vez en meses, debe ser el peor agravio.

—Nunca me contaste por qué te presentaste en la fiesta de Vanessa usando un vestido casi idéntico al de ella —me preguntó Lucrecia un día en la enfermería, lugar que solíamos frecuentar para faltar a clase—, es algo que ni a mí se me habría ocurrido, en todo caso ese color de princesa no me favorece —continuó riendo.

Decido corresponder a su confianza y le resumo todo, que nos hicimos amigas hace años, que me pidió solo serlo fuera del colegio y así continuamos durante mucho tiempo, que por desgracia me enamoré de ella y se lo declaré con una canción ridícula, que nos besamos y luego ella decidió evitarme y esparcir rumores sobre mí. Le digo que ni siquiera pensaba ir a su estúpida fiesta, pero que me cansé de ser la amiga fantasma, la cretina de la que ella y sus amigas se burlan.

Ella me escucha con atención, como si cada palabra que saliera de mi boca fuera lo más importante que le han contado en su vida. Yo sigo hablando como si se tratara de una narración para Discovery Channel mientras ella pone una mano en mi espalda, tal vez intentando consolarme.

—Me sorprendes, Miranda, mucho —dice—, no te imaginas la cantidad de cosas que podemos hacer con esa información.

—De ninguna manera —le contesto, abriendo los ojos como la lechuza con la que ella me compara siempre—, nadie sabe que me gustan las chicas, solo Vanessa, y creo que por ahora piensa guardarme el secreto. Si empiezo a contar cosas sobre ella, no me imagino lo que puede hacerme.

—Está bien, tranquila, no hay lío. Pero cuéntame más sobre la canción y el beso, y todo lo que me quieras contar, siempre soy yo la que te hablo de mí, y mírate, eres una cajita de sorpresas —me dice ella casi con admiración.

Decidimos quedarnos esta tarde en el colegio, supuestamente para extracurricular de teatro, pero en lugar de eso nos sentamos a hablar en los columpios de primaria aprovechando que no hay nadie que nos interrumpa y le cuento la versión larga de mi historia reciente con Vane.

* * *

Hace unos cuatro meses, más exactamente a principios de junio, después de clase de Física, tomé mi refrigerio y arrastré mi humanidad por el pasillo en dirección a la solitaria banca detrás del rosedal ubicado junto a la biblioteca. Me detuve por instinto en la cartelera de artes, donde, como cada año, publicaron la convocatoria para participar en el Festival de la Canción Mensaje. Empecé a leer las categorías mientras mordisqueaba una manzana verde y me hallaba tan distraída que no noté que Gaby llevaba unos minutos mirándome.

—Deberías participar —me dijo con su voz que se negaba a crecer, recostándose en la pared junto a la cartelera.

—¿En qué? —pregunté haciéndome la desentendida—. ¡Ah, en el festival! —exclamé como si acabara de caer en cuenta—, pero si yo escasamente canto en la ducha, y no exagero cuando digo que el jabón se taparía las orejas... Si tuviera.

—No te hagas la boba. Te he escuchado en el salón de música en un par de descansos, te he visto cantar en los recreos, cuando todo el mundo cree que estás hablando sola, y no lo haces nada mal. Piénsalo y me cuentas, yo te acompaño con la guitarra —contestó dando por zanjada la conversación mientras desaparecía por el pasillo, tan rápido como había llegado.

Gaby tenía esa cualidad, parecía etéreo, y cuando se le metía algo en la cabeza no había quién lo convenciera de lo contrario. Era mejor llevarle la idea y después zafarme con alguna excusa.

Ilusa de mí cuando imaginé algún universo paralelo en el que Gaby no fuera tan testarudo. Dos días después ya estábamos en el salón de música, él afinando una guitarra mientras me preguntaba en qué categoría íbamos a participar. Me vi diciéndole que en canción inédita y cinco minutos después cantaba por primera vez frente a algo que no fuera las baldosas del baño o las paredes solitarias del salón de música. Tal vez fue la confianza que Gaby me inspiraba o que aquel tema significaba tanto para mí, o ambas cosas, pero en cuanto empecé a cantar sentí que un calor me recorría el cuerpo, que el duende malvado que solía apretar mi garganta de repente no estaba, que las palabras salían solas, sin esfuerzo. Por primera vez en muchos años sentí que tenía una voz, algo importante que decir.

—¡Guau!, parece que esa canción tiene nombre propio, ¿la compusiste tú? —preguntó con los últimos acordes.

—Sí, es mía, pero el nombre me lo reservo —contesté mordiéndome una uña.

—Entonces lo conozco —exclamó él tratando de sonsacarme más información.

—Mejor sigamos ensayando —le dije tajante, para escapar de aquel interrogatorio.

No lo saqué de su error. No le dije que en realidad la había compuesto para una mujer y no para un chico. No era tan valiente como

Gaby, aún no me sentía capaz de admitir abiertamente mi sexualidad, incluso me aliviaba que no se me notara. En alguna ocasión él me contó que nunca había estado en el clóset, por lo tanto no había tenido que salir de él, que desde que tenía memoria él, su familia y allegados simplemente lo sabían, que su homosexualidad era algo tan natural e irrefutable como su voz aguda o su color de pelo. A nadie en el mundo parecían importarle sus movimientos amanerados, sus ínfulas de diva, lo histriónico que es para explicar algo, su pluma, su buen gusto por la moda y todas esas cosas que parecen incorporadas a ese cuerpo tan menudo.

La noche anterior a la presentación no pude dormir bien. Empecé a dudar de la decisión que había tomado, me culpé por dejarme arrastrar hacia esa locura, traté de ensayar, pero odié mi voz más que nunca. No alcanzaba las notas que había logrado antes, el corazón me latía más rápido que nunca de solo pensar que me tenía que parar frente a decenas de personas, lo peor, que tendría que cantar frente a ella, la dueña de mis sentimientos más viscerales.

Al día siguiente, durante la mañana, mi ansiedad fue en aumento. No pude desayunar, no me concentré en ninguna de las clases ni pude disfrutar de ninguna presentación musical porque era incapaz de sentarme tranquila y relajada. Me parecía que todos los que subían a ese escenario lo hacían con confianza y que, en comparación, yo de seguro me vería como un moco en una corbata, completamente fuera de lugar. Mi ansiedad era tal que, en minutos, sin darme cuenta, me había comido las uñas de mi mano derecha y la piel me picaba como si un hormiguero caminara por todo mi cuerpo. Cuando llegó el momento de mi presentación, Gaby no aparecía, le mandé mil mensajes y no respondía. Pensé en largarme de ahí, me pregunté una y otra vez por qué había aceptado participar en esa locura. Traté de caminar hacia la salida, pero ya era tarde, acababan de anunciar mi nombre y los jurados ya me habían ubicado. Caminé hacia las escaleras del escenario y le pedí el favor a la maestra de ceremonias que me diera unos minutos mientras Gaby llegaba, pero ella señaló el reloj indicándome que yo era la siguiente y que no podíamos perder tiempo porque había una programación. No obstante, los jurados aceptaron la espera a regañadientes y, para colmo, le cedieron mi turno a la chica que mejor cantaba en todo el colegio, quien, con los últimos acordes de su interpretación, hizo estallar al público en una ovación que casi me hace desistir.

Mientras ella cantaba, fui a los camerinos y observé mi reflejo en una puerta de vidrio. Llevaba puesta una blusa blanca, una falda de flores un poco ajustada que no me favorecía y botines negros. La cara era lo peor de todo el conjunto, las ojeras me acunaban los ojos y mis labios apretados remarcaban mis inseguridades.

El momento de mi presentación ya no daba espera, miré mi celular tres veces, tal vez cuatro, y no había ningún mensaje de Gaby. Sabía que no podría esconderme, que de alguna manera era mejor hacer el ridículo que quedar como la desertora del festival. Reuní todo el valor que pude e intenté que mis miedos no lograran vencerme, caminé sin mirar a nadie mientras escuchaba unos pocos aplausos tímidos e insulsos. El ascenso hacia el escenario me resultó eterno, los escalones parecían moverse y cuando finalmente me ubiqué en el lugar asignado frente al micrófono me tuve que aferrar a él para no irme de bruces. Empecé a ver a la gente borrosa, un silencio sepulcral inundó la estancia y casi se podía sentir el sonido de una mosca volar. Tenía unas luces de frente que me cegaban como si no quisieran que pudiera ver más allá de lo que debería ver. Me sentí desnuda, vulnerable, estaba expuesta ante gente que iba a criticarme. Estaba en ese sueño recurrente, en el baño que no tenía paredes. Sentía los latidos de mi corazón mientras mi boca parecía la de una persona extraviada en el desierto, sentía los labios partidos, la boca reseca y la garganta como una lija. Los segundos pasaban y algunos comenzaban a toser, a impacientarse. Intenté cantar a capela y creo que solo me salió una especie de graznido.

—Tus ojos... —alcancé a decir con un hilillo de voz.

Sentí una risita contenida que venía del público. Puse mis manos sobre la frente para evitar las luces y tratar de saber de quién se trataba: era Ariadna, sentada junto a Vanessa, la depositaria de aquella canción. No sé si me las imaginé tratando de contener una risa burlona, en lo único que pensé es que les había dado a mis verdugos la posibilidad de aniquilarme a punta de críticas y burlas.

Eso no me hizo sentir mejor, al contrario, era como si Vane, con su mirada, me estuviera diciendo que mejor me bajara de allí, que aquello no iba a salir bien. En ese momento, Gaby irrumpió corriendo en el escenario con su guitarra en la mano. Detrás de él venía Fabiana y me di cuenta de que ella había hecho todo lo posible por impedir que él me acompañara. La maestra de ceremonia interceptó a la intrusa, quien no pudo pasar de las escaleras, y con un gesto le ordenó regresar a su silla.

—¿Dónde diablos estabas? Te mandé cientos de mensajes y no respondiste, me quiero largar de aquí, esta fue la peor de tus ideas —le dije entre dientes y con algo de rabia mientras pretendía acomodar el micrófono.

—Lo siento, no fue mi intención, perdóname por eso, lo importante es que ya estoy aquí. Cierra los ojos, recuerda lo que ensayamos, imagina que estamos solo tú y yo, y no olvides que te quiero —me susurró él antes de sentarse en su silla.

Bendito Gaby, era mi ángel de la guarda, el que siempre estuvo presente todos estos años, creyendo en mí, dándome ánimos, esperando mi momento de brillar para estar a mi lado. Sé que estaba muy lejos de aquel brillo que esperaba tener desde niña, pero al menos era un paso en la dirección correcta. No quería seguir siendo la que se sentaba al fondo, que se mimetizaba entre otros, aquella que amaba en secreto a su mejor amiga. Tenía una voz, algo para decir, y era la hora de hacerlo. Entonces cerré los ojos, respiré profundo, busqué que mi mente volara a un lugar tranquilo, apacigüé mis pensamientos como pude, mis labios se entreabrieron y empecé a cantar, suave al principio y luego cada vez con más fuerza, me dejé llevar como si otro ser me hubiera poseído.

Tus ojos, tan profundos y tan tiernos,
me miran despertando una ilusión,
ternura que desborda de tu alma,
caricias que no llegarán a ser para mí.
Tu risa es palabra juguetona,
mensaje como el de una canción.
Mi vida lo único que yo te ofrezco,
caminemos sin pensar en los demás, tú y yo.
Mi única salida es con la llave de tu amor,
lo que empezó como un juego
en amor se convirtió.
Mis ojos solo conocen
esta húmeda tristeza
y aquellas lágrimas de sangre
que derramo por tu amor.
Te siento una parte de mi vida,
contigo comprendí lo que es amar.
Inocencia de los besos infinitos,
que imagino en mi loca soledad, sin ti.

No tengo ningún arma en esta lucha,
solamente las frases de esta canción.
Mi vida lo único que yo te ofrezco,
caminemos sin pensar en los demás, tú y yo.
Mi única salida es con la llave de tu amor,
lo que empezó como un juego
en amor se convirtió.
Mis ojos solo conocen
esta húmeda tristeza
y aquellas lágrimas de sangre
que derramo por tu amor.

Cuando terminé de cantar, finalmente abrí los ojos. En mi imaginación había cantado igual que Lady Gaga en *Nace una estrella*, pero en la vida real, aunque no fue así de perfecto, no lo hice tan mal o al menos eso fue lo que me dijo Gaby, al igual que los aplausos de la gente, del jurado y la mala cara de Fabiana y Ariadna. Vane no pudo evitar esbozar una sonrisa a pesar de sus amigas y eso fue lo mejor de aquella jornada.

Ya en el salón algunos me felicitaron, otros me dijeron que no sabían que cantara, que debería unirme al coro. Vane incluso se atrevió a acercarse a mí y, con esa sonrisa cómplice que se dibujaba en su rostro, me dijo en un susurro que se sentía orgullosa y que debíamos celebrar. Había logrado que todo valiera la pena, esa sonrisa, esa voz dulce de Vane era una victoria que jamás podría olvidar. Amé ese momento como ningún otro, la chica de la que estaba enamorada, aquella para quien escribí esa canción, rompió todas sus "reglas" para felicitarme. Yo no cabía de la felicidad, no podía esperar para irme a casa, dejar mi maleta y correr a mi encuentro con Vane.

Esa tarde en su casa, sin saberlo, estallaría una desgracia. Con el impulso que llevaba debido a la canción, las felicitaciones, lo medianamente aceptable que había salido todo, una suerte de euforia se apoderó de mí. No pensé en nada más que no fueran sus palabras, en su rostro y en la forma en que me miró. Había algo dentro de mí que necesitaba desenterrar, tenía ese sentimiento que, cuando te lo guardas por tanto tiempo, te empieza a hacer daño. Ella me recibió con mucha alegría, no paraba de hablar de la emoción que sintió al verme allí sobre el escenario. Me contó la forma en la que Fabiana y Ariadna se habían incomodado cuando comencé a cantar, ellas esperaban que hiciera el ridículo. Vane me pidió que le cantara una estrofa de la canción, a lo cual no me negué. Le estaba dando una serenata privada y no lo podía creer. Ante mis ojos, se revelaba esa mirada que no sabía descifrar. No entendía si era orgullo, amor o si de alguna manera le había tocado el alma.

—Mía, no puedo creer que cantes tan hermoso y mucho menos que seas tan buena componiendo —me dijo Vane mientras me abrazaba y me daba un beso en la mejilla.

Hubo un silencio incómodo, como si ya no supiéramos hacia dónde debía ir la conversación. Agaché la mirada y noté que después del abrazo y el beso, ella sostenía mi mano derecha con sus dos manos a la vez. Yo estaba aferrada a Vane, sentí que el momento era propicio, que al igual que había vencido el temor a enfrentarme a un público necesitaba vencer el peor miedo de todos. Mi euforia me aconsejaría qué hacer en ese instante, decidí declararme a Vane de la manera más simple que encontré.

—¿Te cuento un secreto? Creo que esa canción la compuse mirando algunas de nuestras fotos, recordando los momentos más felices a tu lado. La letra es muy diciente por si no te has dado cuenta, "mi única salida es con la llave de tu amor".

—No te entiendo —atinó a contestar, sacudiendo la cabeza, mirándome con incredulidad, tal vez tratando de recordar la letra de la canción, y a medida que lo hacía los movimientos de su cabeza, como diciendo "no", parecían ir en aumento. Finalmente escondió el rostro entre las manos, a la vez que se dejaba caer sobre su cama, como si no pudiera con el peso de su propia existencia.

—Vane, yo sé que es una confesión muy fuerte —continué diciéndole, sentándome a su lado—, pero es que no podía guardarme esto que siento por más tiempo, era decirlo o envenenarme con este sentimiento.

—¿Desde cuándo te sientes así? —me preguntó quitándose las manos de la cara, pero aún sin acertar a mirarme a los ojos.

—Tal vez desde siempre —contesté tratando de medir mis palabras, de descifrar lo que ella estaba pensando mientras un calor intenso me dominaba, un calor que iba en aumento y un deseo inmenso de que me contestara que sentía lo mismo por mí.

Mis ojos se entretuvieron en sus labios entreabiertos, tal vez esperando con ansias esas palabras que finalmente me sacarían de mi agonía. Al menos ya no negaba con la cabeza, no sé si asimilaba lo que le dije, si preparaba una respuesta... Habría dado lo que fuera por leerle la mente.

—Mía..., yo... no sé qué decirte —contestó por fin, mirándome.

En ese instante, y antes de que la valentía me abandonara, me acerqué a ella, tomé su rostro entre mis manos y la callé con un beso. No imaginé que algo tan simple como pegar los labios a los de otro ser humano fuera capaz de hacerte pasar por todos los pisos térmicos, por todas las emociones posibles. Quise llorar y reír al mismo tiempo mientras mi lengua se unía a la suya, mientras sentía cómo ella me correspondía, mientras acariciaba sus brazos deseando que ese momento mágico nunca terminara, que el fin de los tiempos nos encontrara allí, sentadas en esa cama, expresándonos con ese sencillo acto todo lo que sentíamos. Sentí cómo sus brazos, por unos instantes, se aferraban a mi espalda y, como si se tratase de una danza amorosa, alguna de sus manos acariciaba mi rostro o mi cabello. Sentí un corrientazo viajar por todo mi cuerpo, no me importaba nada más, no me interesaba lo que pasara fuera de ese cuarto, era feliz como nunca lo había sido. Durante esos minutos no sabía si de parte de ella también había amor, solo atracción o simplemente el deseo de experimentar lo "prohibido". Dejé de pensar, ahuyenté mis ideas preconcebidas sobre un supuesto orden natural de las cosas y solo me concentré en sentir. Anhelaba cada una de sus caricias, deseaba que me siguiera besando sin pensar en un mañana. Yo no me sentía una pecadora, una criminal o una pervertida, es imposible que algo tan hermoso pueda estar mal, pueda ser incorrecto. Había soñado tantas veces con ese momento, pero cuando finalmente ocurrió no fue como en mis sueños, sino mil veces mejor, como esas cosas que no pueden describirse con palabras porque son perfectas. Pero incluso lo perfecto termina y esto no fue la excepción. Escuchamos la voz de Elena llamándonos, acercándose cada vez más. Nos separamos tan rápido como nos habíamos acercado. Mi corazón estaba a diez mil por hora, sentía mi respiración agitada, creo que descubrí que la adrenalina corría por mi cuerpo.

La puerta estaba entreabierta y segundos después Elena asomó la cabeza en la habitación para decirnos que la cena estaba servida. Dijimos cualquier cosa para disimular. Elena preguntó si todo estaba bien y aunque respondimos al unísono que sí ella dudó en irse y se quedó mirándonos en silencio.

—Ustedes están extrañas. No andarán fumando, ¿cierto? —nos preguntó mientras olfateaba el cuarto cual si fuera un perrito sabueso—.

Vanessa, parece que tuvieras gripa o una alergia. Mírate la cara, tienes la nariz enrojecida al igual que la boca.

Sentí morir cuando dijo eso, me levanté de inmediato para que no encontrara los mismos rasgos en mí.

Elena se fue sin decirnos nada más, pero sospechaba que algo estaba fuera de lugar. Ella siempre ha tenido ese sexto sentido que la hace detectar arrugas donde todos ven perfección. Permanecimos unos minutos más en la habitación hasta que la tensión que había en nuestros cuerpos desapareciera. Yo bajé primero porque Vane se encerró en el baño y me pidió que no dejara esperando a sus papás. Yo quería verla, volver a abrazarla, hablar de "lo nuestro", de cómo serían las cosas de ahí en adelante. Durante la comida, ninguna dijo una palabra. Traté de cruzar mi mirada con la de ella, interrogarla con los ojos para saber qué pensaba, tal vez sonreírle para decirle que todo estaba bien, que nadie nos había visto, pero Vane no levantó la mirada de su plato ni una sola vez, al contrario, después de jugar con la comida unos minutos se excusó diciendo que le dolía la cabeza y se retiró a su habitación. Terminé de comer en un santiamén y subí de nuevo a su cuarto para buscar respuestas. La puerta estaba con llave, así que le escribí al WhatsApp para que me dejara entrar.

—Mía, necesito estar sola, necesito pensar —me contestó en un audio, con la voz muy bajita, casi cansada—. Creo que mi mamá se dio cuenta de algo. No la conoces, sé que más tarde me va a interrogar. Esto es mucho. Puede que para ti sea fácil, pero yo, yo no sé...

Preferí irme, darle espacio para asimilar lo que había pasado. Esa noche no pude dormir recordando sus labios, sus besos, su aroma, las pecas perfectas en su nariz, que por fin había podido ver de cerca cuando a mitad del beso abrí ligeramente los ojos. Le escribí para

saber cómo estaba y me respondió con un simple "bien". A la mañana siguiente me envió un mensaje en el que me pedía más tiempo para poder "procesar" todo, pero los días se convirtieron en semanas y
Vane simplemente dejó de hablarme, como si aquel beso hubiera sido la peor de las afrentas. Le di tiempo, todo el tiempo que me pidió.
Durante las vacaciones de fin de curso no nos vimos ni hablamos, y
no por mi culpa. Fue un infierno para mí, traté de mentirme muchas
veces diciéndome que ella sentía lo mismo, pero que le daba miedo.
Traté de mantener la calma, pero mis inseguridades ganaban la batalla y lloraba casi todas las noches, pensando en ella, preguntándo-
me si hacía lo mismo.

A pesar de la insistencia de papá y sus miles de preguntas, ni siquiera
me emocioné por celebrar mi cumpleaños, mis quince años, uno de
los días que, se supone, es uno de los más importantes para nosotras
las chicas. Bajé de peso porque pasaba mucho tiempo sin comer, casi no salí de mi habitación durante aquellas semanas, me refugié en
la música, en mis LP, mis eternos compañeros, aquellos que no juz-
gan y en los que me podía perder para evadirme de una realidad que
dolía. El tiempo pasó sin recibir señales de vida de Vane, yo me diluía
entre mis ilusiones y mis tristezas mientras el momento de volver al
colegio se acercaba.

Un nuevo año escolar comenzó, décimo grado, y el primer día de clases Vane llegó con las invitaciones para su cumple número quince.
Empezó a repartirlas antes de que el profe llegara y en su puesto se
formó un corrillo de chicas ansiosas preguntando por los detalles de
la fiesta, recibiendo su invitación y comentando lo divinas que estaban. Obviamente no todo el curso estaba invitado, solo unos cuan-
tos afortunados, por lo que, a pesar de lo que sentía por ella, me
pareció de mal gusto que entregara las invitaciones en el salón y no
en otro espacio. Por mi parte, di por sentado que no me invitaría, no

solo había dejado de hablarme hacía mucho tiempo, yo sabía cuál era mi lugar en aquella relación. Aunque me dolía, era una situación que había aprendido a aceptar, como el hambriento que sobrevive con las migajas de otros.

De reojo, la vi más hermosa que nunca, con un nuevo corte de pelo, la piel ligeramente bronceada, incluso un poco más alta. Tenía un aire de mujer que no le había notado antes, pero algunos de sus ademanes conservaban la esencia juvenil de la cual me había enamorado.

Para mi sorpresa, en el momento en que el profe de Matemáticas cerraba la puerta del aula, Vane me tocó el hombro, exhaló y sin mirarme, me entregó aquel sobre blanco con letras doradas que tenía mi nombre. Ella, no exenta de nervios dio media vuelta y regresó a su rincón.

—¿Le diste una invitación a esa? ¿Por qué? —preguntó Ariadna con su molesta voz chillona.

—Es un cuento largo, mis papás me obligaron —dijo Vane mientras me miraba con cara de fastidio.

Sentí que se me cerraba el pecho, que no podía respirar. El profe empezó la clase, pidió que abriéramos el libro en la primera unidad y me percaté de que mi mano derecha temblaba. Aún no había decidido cómo sentirme. Deseaba largarme de allí con alguna excusa, hacer trizas esa invitación que me quemaba o ponerme de pie y lanzársela en la cara para decirle que no quería nada que viniera de ella. Opté por lo segundo, la rompí y procuré que ella lo notara, que sus amigas lo notaran, que todos se dieran cuenta. Más de uno quedó con la boca abierta porque habrían dado lo que fuera por tener una invitación de esas. Yo recogí lo que subsistía de mi orgullo junto a lo que quedaba de la tarjeta, caminé hasta el cesto de basura, sacudiéndome la humillación y desfilando frente a aquellas que querían pisotearme.

Tomé los pedazos y los arrojé allí mientras la miraba de frente. Me devolví a mi puesto ante la mirada atónita de todo el curso, busqué dentro de mi maleta y abrí mi libro de segunda mano mientras me secaba las lágrimas y pretendía prestar atención a la clase.

Había decidido no ir a ese dichoso cumpleaños, el gesto de romper la tarjeta fue más que claro, pero Vane no detuvo sus ataques en mi contra. Esa misma semana, en una de las puertas de los baños de chicas, escrito en marcador rojo decía "Mía es lesbiana". Intenté no llorar, apreté los labios con rabia y me prometí regresar más tarde a intentar borrar o cubrir ese letrero infame. La única que me llamaba con ese diminutivo era Vane. Su propósito no era difundir la noticia de mi orientación sexual, era simplemente incomodarme, hacerme sufrir, confirmarme con ese gesto traicionero que nuestra amistad había terminado definitiva e irrevocablemente o tal vez solo castigarme por haber roto su estúpida tarjeta. Para ella no fue suficiente con haberme dejado de hablar durante aquellos meses sin explicación alguna, al parecer necesitaba ser aún más rastrera, terminar de clavarme el puñal por la espalda y buscar la manera de que me doliera lo máximo posible. Tal vez fue mi error, confundí la cercanía y la amistad que ella me daba, pero eso no le daba derecho a difundir mi intimidad, a burlarse de mí con sus amigas, a invitarme a su cumpleaños para luego hacerse la víctima diciendo que había sido obligada.

* * *

Oscurece, pero aún no es la hora de salida de los buses de extracurriculares, son solo unas nubes grises que ocultan el sol. Parece como si hubiera hablado por horas y de repente me siento vacía y cansada.

Lucrecia y yo nos movemos desacompasadamente, aún sobre los columpios de primaria. Estos chirrían bajo nuestro peso, llenando el silencio que se ha instalado entre nosotras, como un intruso. Curiosamente este silencio no me resulta molesto, al contrario, lo aprecio más que a nada. No comparto la necesidad de muchas personas de tener que llenar cada vacío con palabras, de utilizar la expresión "silencio incómodo" cuando están callados junto a otro ser humano. Lamento que se pierdan el disfrutar de la compañía en su estado más puro, el comunicarse sin palabras, el perderse en tus propios pensamientos mientras escuchas solo la respiración del otro o el sonido del viento. La miro de reojo y veo que ella también está sumida en sus pensamientos, su rostro ha cambiado, parece más noble, más vulnerable. De pronto respira profundo y me mira. Luego hace una mueca como quien intenta encontrar las palabras adecuadas después de semejante drama.

—¿Aún la quieres? —me pregunta meciéndose más fuerte, como si quisiera elevarse.

—Me lo he preguntado mucho últimamente —contesto— y he llegado a la conclusión de que una parte de mí la va a querer siempre y otra parte quisiera olvidarla.

—Te entiendo —me dice con un tinte melancólico en su voz—, es la misma relación de amor-odio que tengo con mis padres. Creo que me odian desde siempre, ¿o cómo explicas que me hayan puesto el nombre de Lucrecia?

—Eres muy fuerte, no pensé que eso te importara.

—Tuve que serlo —contesta bajando la mirada—, créeme, con un nombre como el mío no puedes permitirte ser débil.

Es la primera vez que la veo vulnerable, como si el hecho de hablar de sus padres le encogiera el alma. La veo desarmarse para contarme cómo sus padres la maltratan por su orientación sexual. Ambos le dicen que eso es incorrecto, que está confundida, que algo así es perverso.

—Me han hecho ir al psiquiatra y me han llevado a retiros espirituales para "curarme" del mal que me aqueja. He tenido charlas con sacerdotes y con guías espirituales que, según ellos, pueden salvar mi alma. Mi padre siempre quiso un hijo para perpetuar su apellido, dice que me prefiere muerta a verme con otra mujer. No sé si lo de "muerta" lo dice en sentido figurado, pero insiste en que si continuo por este camino me olvide de decirle papá. Lo más triste es ver la forma en que mamá calla, ella dice que rezar es la solución para que yo vuelva por el "camino de Dios".

Repentinamente empieza a llover, así de impredecible es el clima en mi ciudad, una ciudad temperamental que cambia de humor cada dos por tres. Lucrecia, lejos de salir corriendo, levanta la mirada al cielo y abre la boca, como si quisiera devorar cada gota de agua posible y así borrar, de algún modo, todo lo que me acaba de confesar. Me siento incómodamente empapada, pero ella me sonríe y se ve más hermosa que nunca, a pesar del maquillaje de ojos corrido y el cabello pegado al rostro. Al contrario, eso le añade una dosis más de locura y entonces me siento como en la escena de una película, de una buena, en donde dejo de ser un personaje secundario para convertirme en la protagonista. Lucrecia se baja del columpio, toma mi mano invitándome a no sé qué aventura. No dudo ni un segundo, le sonrío con complicidad y arrancamos a correr hacia la parte trasera de las canchas de baloncesto. Detrás de las graderías están las oficinas de los profes de Educación Física y el depósito donde se almacenan los artículos deportivos de bachillerato. A esta hora no hay nadie, pero por suerte hallamos una puerta abierta. Nos encontramos lejos de cualquier otro lugar donde resguardarnos, está arreciando y las dos estamos empapadas. Siempre que estoy a su lado es como si una tormenta me envolviera, a veces, como en este caso, literalmente.

Lucrecia cierra la puerta detrás de nosotras mientras recuperamos poco a poco el aliento. Estoy tiritando de frío, busco algo para poder secarme, pero no encuentro nada. Abandono la idea de cubrirme y dejo de preguntarme qué pasará después, tal vez porque con Lucrecia todo es nuevo. Le sonrío y veo cómo responde a ese gesto cómplice, la veo caminar hacia mí y me envuelve entre sus brazos, tal vez para darme calor. Nunca habíamos estado tan cerca. Nadie sabe que estamos aquí, todos le huyen a la lluvia y buscan un refugio, no se oye ni un alma alrededor, pero yo escucho su respiración, la siento. Huelo su cabello y percibo cómo sus brazos me atenazan, no quiero irme, quiero permanecer en silencio y disfrutar de ese abrazo tan necesario. Pienso entonces en las palabras y las advertencias de Gaby, pero él no está aquí y mi consciencia lo ignora, quiero lanzarme al abismo sin importar las consecuencias. Deseo besarla, pero no quiero equivocarme de nuevo. Entonces se acerca aún más, tanto que puedo sentir su aliento, la fragancia salvaje de un perfume lejano, la humedad que desprende su pelo. Cierro los ojos y me dejo llevar por un beso sorprendentemente dulce, despojado de todo afán, un beso muy diferente al que le di a Vane. Este es un beso correspondido, que avanza con la certeza de saberse deseado. Temo abrir los ojos y darme cuenta de que estoy sola, que esto no es más que un sueño, uno que no quiero que termine nunca. Lucrecia se separa entonces de mis labios y besa mis párpados cerrados, mi frente, me parece el gesto más tierno del mundo. Finalmente me animo a mirarla, a contemplar su rostro así, tan cerca del mío, sin temor a ser rechazada, con la certeza —o al menos con la ilusión— de que ella no saldrá corriendo.

10

"No dejes que nadie te diga
que tienes que ser de cierta manera.
Sé única. Sé lo que sientes".

Melissa Etheridge

Cuando entré a bachillerato me picó el bichito de querer ser monja. Fue muy curioso, porque no era una niña piadosa ni la más creyente, ni mucho menos practicante de ritual religioso alguno. Si iba a misa era porque papá y la abue así lo disponían o porque en el colegio nos obligaban, pero nunca lo habría hecho por iniciativa propia. Lo del noviciado lo vi como una manera práctica de escapar de mi realidad. Estaba mal, hasta yo me daba cuenta, pero por aquella época empecé a sentir que era diferente, que no me gustaban las mismas cosas que a las demás chicas. Con once años en promedio, muchas de mis compañeras de curso empezaban a tener cuentas en redes sociales, algunas a escondidas de sus papás, mientras que a mí me interesaban más los libros, la música, escribir canciones. Todas mis compañeras hablaban de chicos de otros cursos, de actores, de cantantes, de *influencers* con los que soñaban; yo no, yo me sentía diferente. Comencé a ver más atractivas a las chicas que a los chicos, eso me hacía sentir como una marciana, era algo de lo que no podía hablar con nadie, ni siquiera con la abue, mucho menos con Vanessa, porque era una sensación tan incipiente que no me creía capaz de verbalizar. Es más, ni siquiera sabía que existía un nombre para todo aquello.

Si mamá estuviera... Esas tres palabras, esa especie de mantra parecía gobernar mi vida cuando hasta las cosas más simples se tornaban extrañas. Solía pensar que, tal vez, con ella sería más fácil hablar las cosas que no le digo a papá, incluso no tendría que hablar y mamá lo sabría, me daría los consejos que tanto necesito ahora.

Mirando hacia atrás, me parecía extraño que ya hubiera pasado un año desde mi primer día en el colegio y dos desde la partida de mamá. Para mí había transcurrido una vida entera y sentía que de algún modo era mucho más vieja que la imagen que me devolvía el espejo. Era de nuevo un primer día y la ansiedad me carcomía. El cabello me había crecido un poco, ya no me parecía a Harry Potter, si acaso a su hermana, si tuviera una, y me pregunté cómo rayos se peinaría la hermana de Harry Potter si fuera su primer día en bachillerato. Opté por ponerme un par de hebillas de carey en forma de moñitos, que hacían juego con la falda plisada a cuadros del uniforme. Traté de sonreír, pero me salió una mueca tan rara que hasta yo misma me asusté.

Por suerte las terapias con la psicóloga habían terminado hacía mucho y en apariencia todo estaba bien, al menos eso quería creer mi papá. No pensaba llevarle la contraria, si lo repetía el número suficiente de veces, de seguro empezaría a ser real. "Estás bien, Miranda; todo está bien".

Aún me molestaban por no interactuar con los demás, por sentarme a leer, a escribir a escondidas, mientras mis compañeras hacían videos estúpidos para sus redes sociales, como si eso fuera lo que se esperaba de mí.

Una chica en el salón comentó sobre lo bueno que se estaba poniendo Sebas y yo le dije que sí, no sé por qué lo hice, tal vez por ese temor idiota de ponerme en evidencia.

Sor Abigail, una de las monjitas más adorables, aquella que había conocido el día de mi fatídica entrevista de ingreso al colegio, fue la encargada de darme la información primaria sobre mis inquietudes religiosas. Era más agradable hablar con ella que con la psicóloga, principalmente porque sor Abigail es muy dulce y habla hasta por los codos mientras que yo solo debía mover la cabeza afirmativamente de tanto en tanto para que ella se diera cuenta de que seguía el hilo de la explicación. Ella es una monja "progresista", según las hermanas de su congregación, pero para mí siempre ha sido la diferente, la que me hace creer que no todo está perdido. Me regaló un folleto, me recomendó un libro de santo Domingo Savio que estaba en la biblioteca y me dijo que podía ir a pasar el rato con ella las veces que quisiera. Soy de los que creen en la energía de las personas y en el significado de los nombres. Abigail significa "fuente de alegría" y debo decir que le hace honor a su nombre porque en su compañía he pasado algunos de los mejores momentos durante mis años en el colegio. Alguna vez le compartí lo que había investigado sobre su nombre y ella me pidió que buscara acerca del significado del mío, que de seguro me iba a sorprender. No me enteraría de ese significado sino varios años después. Tenía miedo de lo que mi propio nombre pudiera revelar, sospechaba que no era nada bueno.

Seguía tomando mi *snack* cerca de las canchas, pero en un lugar mucho más apartado, lejos de las miradas de los profesores y en especial de la psicóloga, aunque como ya estaba en bachillerato, pensaba que aquellos problemas habían quedado en el pasado.

Gaby siempre pasaba a saludarme, aunque sospecho que era solo para robarme mis galletas de chocolate que tanto le fascinan, antes de salir corriendo a jugar con sus amigos. En ocasiones, él seguía el trayecto de mi mirada para tratar de descubrir a quién estaba espiando en determinada ocasión. Casi siempre era a las FAV, era imposible no admirarlas y a la vez envidiarlas, pensar en cómo serían sus vidas, rodeadas de amigos, de gente que las envolvía en halagos. Imaginaba sus respectivas familias, sus casas, los lugares que solían frecuentar, hasta lo que solían comer. Dice mi abue que el prado del vecino siempre se ve más verde, no sabía que esa era una forma de decir que siempre envidiamos la vida de alguien más y que no estamos satisfechos con la propia.

—¿Quieres ser *miss* Marple? —le pregunté un día a Gaby mientras trataba de resolver el misterio de una lonchera roja olvidada junto al salón de danza—. No puedes ser Hércules Poirot porque ese personaje ya lo tengo pedido, solo me falta comprar un bigote en la tienda de disfraces y quedo igualita —proseguí moviendo la boca como si un bigote imaginario me picara la nariz—, incluso mi cabeza tiene forma de huevo.

—¿Esos dos quiénes son? —preguntó Gaby a su vez, con la boca llena.

—Son los mejores detectives del mundo —contesté—. Lástima que solo existan en los libros, porque si fueran personajes de carne y hueso resolverían todos los misterios que no me dejan dormir.

—De verdad eres rara, Miranda —me dijo Gaby sonriendo.

Sabía que no lo decía como una ofensa, por eso le contesté con un "gracias" mientras le pasaba el juguito extra que le había mandado la abue en mi lonchera.

A pesar de que Gaby me considerara rara, confiaba en mí y pasaba tiempo conmigo tanto en los descansos como en mi casa. Él se hizo un asiduo visitante de mi cuarto y aunque papá lo miraba de manera extraña, le encantaba que pasáramos tiempo juntos. Debo confesar que con Gaby comencé a disfrutar cada segundo, cada minuto de lo que hacíamos en mi casa, las pelis que veíamos, los desfiles de modas que armábamos, las charlas que teníamos. Gaby siempre ha entendido mis locuras, ha puesto su hombro para que yo llore y ha logrado hacer que abra mi corazón. Cuando llegamos a bachillerato, nos sentíamos los más grandes y jugábamos a perseguirnos en los recovecos y laberintos que hay en el bloque de ese edificio hasta que el grito de alguna monjita nos llamaba al orden.

El área de bachillerato del colegio está ubicada al lado opuesto del edificio de primaria y separada de este por la concha acústica, la cafetería, las oficinas de profesores de bachillerato y el área administrativa. Es de dos plantas, cada uno de los alumnos tenía su propio *locker* en los pasillos, no como en primaria que están ubicados dentro del salón, y son de colores y mucho más pequeños.

En bachillerato la solemnidad estaba a la orden del día, los salones me parecían más oscuros, las clases más formales, incluso olía diferente, a una mezcla de incienso, silencio y compostura. Esa lobreguez se rompía en las clases de orientación dictadas por sor Abigail. Irradiaba una luz y una serenidad que le daba paz a mis días, que hacía que prestara atención a cada una de sus palabras, que me hacía creer que para mí había futuro a pesar de las confusiones del presente.

El primer viernes de cada mes había izada de bandera en el auditorio, cuyo orden del día solía ser inquebrantable. Primero el himno nacional, luego el himno del colegio, las palabras de la rectora y después la misa oficiada por el párroco de bachillerato, el padre Felipe, al que yo apodé con "cariño" el Cura Maluco. Un sacerdote con mala cara todo el tiempo, vive regañando a quien tenga la mala fortuna de encontrarse frente a él y siempre estaba enviando indirectas. A diferencia de sor Abigail, Maluco es ultraconservador y no concibe que "su iglesia" cambie. Él, al igual que muchos padres de familia, es un crítico acérrimo del papa Francisco al que considera un hereje por sus posturas de cambio. Sus sermones son soporíferos y recalcitrantes. Suele hablar de la "familia tradicional", que Dios creó a Adán y Eva, haciéndonos hombres y mujeres a su imagen y semejanza. Supongo que su imaginario es el de un Dios vengador y machista al cual se le debe guardar respeto y temor, de esos que lanzan rayos y centellas y del cual estamos lejos de sentirnos hijos. En otras ocasiones despotrica de todos aquellos que luchan por la igualdad de género, por el amor entre parejas del mismo sexo, a quienes considera corruptos y servidores de satanás.

Las primeras veces que lo escuché dar esos sermones veía las venas de su cuello engrosarse, su rostro tornarse del color de una remolacha y en un instante hasta creí que le daría un infarto delante de todos nosotros. Era tal su intransigencia que, cuando tuve que hacer la primera comunión, le dije a papá que por nada del mundo me confesaría con él, que lo creía muy capaz de sacar un cinturón y azotarme delante de todos cuando le dijera mis "pecados".

11

"No hay nada que aprender del éxito. Todo se aprende del fracaso".

David Bowie

Me he quedado unas cuantas veces en casa de Lucrecia en las últimas semanas, en tanto nos hemos vuelto más y más cercanas. Lo del beso no se ha repetido, no sé si fue la euforia del momento, la lluvia, la charla, pero temo que se quede solo ahí mientras yo me muero por avanzar, por dejarme llevar por todo lo que siento y descubrir lo que ella tenga por enseñarme. Pero entonces recuerdo que está saliendo con alguien, eso me paraliza y me desordena la cabeza. No hemos vuelto a comentar nada sobre el asunto, no quiero presionarla y dar un paso en falso, pero sueño con que ella ponga el tema, que me mire y me pida que tengamos algo. Tal vez para Lucrecia fue un error, pero para mí significó todo. Por ahora prefiero recrearme una y otra vez en ese momento, en especial cuando estoy sola.

Lucrecia me confunde. Cuando me quedo en su casa me acuesto en la habitación de invitados, pero ella siempre se pasa a mi cama en la mitad de la noche, se abraza a mí y se duerme casi enseguida. Aún no conozco a sus papás porque se la pasan viajando; ella aún es como una niña en el cuerpo de una adolescente, una pequeña que necesita afecto, sentirse protegida, segura, que se aferra a lo que sea con tal de no perderse en esta barahúnda llamada vida.

Acá estoy, cavando mi propia tumba de sentimientos, empezando a enamorarme de nuevo de otro imposible, sintiendo que me quema, pero soy incapaz de alejarme del fuego.

A veces me pregunto qué es lo que quiero en realidad. Las conversaciones de todos son sobre quién es novio o novia de quién, sobre quién está bueno o buena, sobre sexo, las fiestas, fiestas a las que, por supuesto, no me invitan, ni a mí ni a Lucrecia. Instagram se llena de fotografías posudas que transmiten una felicidad imaginaria, algunas de estas chicas no se aguantan y se exhiben como ganado en Reels o en Tik Tok con tal de conseguir seguidores, bailan sensualmente para que hombres de todas las edades las sigan, son divas de Instagram que poco o nada les importa su reputación, critican a quienes se atrevan a desafiarlas en su terreno. Se la pasan diciéndoles a los demás cómo vivir sus vidas. Las FAV y los que las rodean no son más que hipócritas, mostrando ante los demás la apariencia de perfección mientras que por dentro están tanto o más podridas que yo.

El otro día Fabiana hablaba como para sí misma, pero en voz alta, al parecer para que todos los que estuviéramos cerca escucháramos a la fuerza y nos sorprendiéramos con su "maravillosa" vida. Ese día celebraba sus quince.

—Hoy llegaré a mi casa, me daré un baño de burbujas, luego esperaré a la maquilladora y a Emir Kent, un peluquero famoso que va a peinarme. Mamá llega a las cinco con mi vestido, que está para morirse, pero tocó mandarlo achicar porque adelgacé.

—Sí, estás divina —le dijo Ariadna, como si ser delgada fuera sinónimo de belleza.

—Desde ayer están organizando el salón porque todo tiene que salir perfecto —continuó Fabiana como si Ariadna no hubiera dicho nada, como si fuera lo más normal que le dijeran que está divina.

A mí nunca me han dicho que estoy divina, si lo hicieran detendría todo, me subiría a una silla y haría una venia o algo así. Para ese instante ya quería taparme las orejas, no escuchar más ese listado de cosas por hacer de Fabiana en su día maravilloso y especial. Empecé a hacer como si roncara muy fuerte y procuré que me escuchara.

Mis compañeros me parecen tan inmaduros, tan banales. Ya no los tolero como antes, mi amistad con Lucrecia y lo que me ha pasado en los últimos meses con Vanessa me da el coraje para mandarlos callar cuando se me antoja. Si Ariadna abre una ventana porque hace calor, yo la cierro, solo para molestarla; si Margo tiene una exposición, trato de sabotearla sin que el profe lo note, a punta de gestos y risas, tal como me hicieron ellas en el pasado. Si Manu sale con alguno de sus comentarios estúpidos, le lanzo una mirada asesina. Lucrecia no se queda atrás, ella reta a profesores y alumnos por igual, no parece importarle estar al borde de la expulsión.

—Hey, ¿por qué no se callan? —preguntó ella de mala manera cuando las FAV y su grupito no dejaban prestar atención a la clase de Música recitando la versión grosera de "Rin Rin Renacuajo".

—Y si no, ¿qué? —le contestó Vane girando su rostro hacia Lucrecia.

—Nada, contra la estupidez no hay remedio.

—Señorita Ortiz —replicó la profe de Música antes de que la cosa pasara a mayores—, por favor, compórtese.

—Es que no parecen chicos de décimo —le dije a la profe, en defensa de mi amiga.

—Son chicos de décimo, pero también se divierten como los jóvenes que son, no sufren por todo. Hay que vivir la vida —contestó ella con su infinita tolerancia.

Eso, lejos de hacerme reflexionar sobre mi posible amargura, me producía el efecto contrario, lograba que los chicos con los que había crecido me parecieran inmaduros, ordinarios, inexpertos. Era incapaz de ver que a lo mejor me estaba perdiendo de ser un poco como ellos, de reírme de un chiste tonto o de orquestar alguna travesura.

Lucrecia me secunda en todo y yo a ella. A su lado me siento invencible y no necesito más que su respaldo para convertirme en un verdadero fastidio. Papá tampoco me soporta, pero eso no es nada nuevo. Cuando estamos en el mismo espacio, me sumerjo en mi celular como si no existiera nada más. Él siempre me anda regañando porque mi cuarto es un desastre, porque encuentra ropa por todo lado, porque la loza está sucia, porque subo los pies en el sofá o por el olor a cigarrillo que sale de mi habitación. Siempre hay una excusa para llamarme la atención, lo peor es que me encanta hacer todas esas cosas para que se sienta incómodo, entonces llegan sus gritos y los míos.

—Miranda Romero, compórtate como una persona normal. Si no puedes hacer un esfuerzo debes pagar las consecuencias. ¡Se acaban el celular y las salidas!

Me deja como prisionera incomunicada en mi cuarto, parece ser su deporte favorito últimamente. Yo me desquito con Juanjo, quien a sus seis años y medio no se me despega. Para él soy como una especie de diosa, o al menos eso me dice papá, me idolatra y, la verdad, desconozco la razón, no me importa. Mi instinto me dice que no me encariñe con las personas y mi hermano no es la excepción. Así se sufre menos. Me he vuelto más fría con los años, lo confieso y también lo prefiero. La abue —cuando está en sus cinco sentidos— dice que no es más que una coraza y que en el fondo sigo siendo la misma chica dulce de siempre. Supongo que ella es la única que conoce mi verdadero yo, o una versión mía que corre el peligro de desaparecer.

Con el pasar del tiempo me he vuelto una molestia para mi familia, para mis profesores y para mis compañeros. Soy como un alma indomable a la que todo parece fastidiarle, algunas personas dicen que es por la influencia de Lucrecia, yo pienso que esta es la "mejor" versión de mí. Muy pocas cosas me importan a esta altura, cantar es una de ellas.

Cuando se trata de mi relación con Fabiana debo hablar de un conflicto parecido al de los palestinos y los israelíes, solo se necesita de cualquier sonido leve para hacer estallar un polvorín. Recuerdo que después del Festival de la Canción Mensaje le hice caso a Gaby y solicité el ingreso al coro. Luego de una prueba con el director en la que no me fue tan mal, me permitieron hacer parte de este. Ensayábamos un par de veces por semana, en las tardes, una excusa más para estar lo más alejada posible de mi familia. Poco después de los quince de Vane y cuando ya había tomado la confianza suficiente para optar por un solo en la siguiente presentación del coro, Fabiana apareció en uno de los ensayos. Yo sabía que ella no cantaba, ni siquiera en la ducha, y que si le habían permitido hacer parte del coro era gracias a su mamá, miembro de la junta directiva del colegio. Solo estaba allí para molestarme, para robarme la determinación y la tranquilidad. Lo peor fue que lo logró. El día de las pruebas para elegir a la que haría el solo, fui incapaz de alcanzar las notas altas requeridas. Canté, pero no con la fuerza que se necesitaba. Ella sonrió desde su silla en la parte trasera del salón de música, como si su propósito en el colegio no fuera otro que el de fastidiarme con cada cosa que yo hiciera. Era ella la que había logrado de manera silenciosa alejarme de Vanessa, era ella la que había disparado contra mí cuanta palabra hiriente salía de su boca, era ella la que sacaba no solo lo peor de sus amigas sino también de sus enemigas. Lo del coro sería la gota que colmó el vaso.

Aquellas rencillas mutuas se acumularon durante años. Por eso cuando Lucrecia me propone un plan para vengarnos de las FAV de una vez por todas, no lo pienso mucho y acepto. Es arriesgado, pero me gusta, y si lo hacemos bien nadie tiene por qué descubrirnos. Estoy tan enceguecida por mi aversión hacia ella que ni siquiera pienso en las consecuencias de todo esto. Bien dicen por ahí que el odio es una piedra caliente que solo quema a aquel que la sostiene para arrojarla.

12

"Es el círculo de la vida, y nos mueve a todos,
a través de la desesperación y la esperanza,
a través de la fe y el amor,
hasta que encontremos nuestro lugar".

Elton John

No sé si con el paso del tiempo uno idealiza a las personas que ya no están, como ocurre con los muertos, pero poco después de cumplir doce me empezó a pasar eso con mamá. Me venían a la mente, como los *flashes* de una cámara, los momentos especiales de mi vida en los que ella estuvo ahí. Nunca se perdió una entrega de notas, una clausura o alguna de mis presentaciones del colegio, esas en los que lo hacen bailar a uno, aunque tenga dos pies izquierdos. Mamá siempre sabía qué decir. Era parca, así como yo, pero acertada en sus comentarios, tal vez por eso nos entendíamos tan fácilmente, como esos seres que se comunican sin hablar, solo con una mirada, un gesto, una sonrisa en el momento exacto. Con el tiempo entendí que a lo mejor esa falta de palabras en ella encerraba problemas aún mayores, cosas que ocultaba, que se tragaba tal vez para no preocupar a otros y que luego vomitaba como una olla a presión, como quien pasa del llanto a la euforia.

Acababa de entrar a séptimo y la adolescencia empezó a golpear a mi puerta. Intentaba, a veces sin éxito, castrar esos recuerdos que eran tan bellos como dolorosos y que no podía controlar. Aparecían cual intrusos y se colaban en mi mente, perturbándome o haciéndome reír, reviviendo mil nostalgias que creía olvidadas. Mamá se marchó antes de enseñarme a montar en bicicleta, pero papá intentó, con algo de frustración, ocupar ese espacio. Recuerdo que me sostenía del sillín mientras yo trataba de mantener el equilibrio, pidiéndole que por nada del mundo me fuera a soltar. Durante más de una hora me caí hacia los lados, sudé, mientras mi malhumor iba en aumento. Finalmente logré avanzar unos cuarenta metros sin irme hacia los lados, pero cuando le hablé a papá, él no me contestó. Miré hacia atrás y lo vi a lo lejos, mirándome con una sonrisa en el rostro. Me caí enseguida y lancé la bici lejos de mí, con una rabia infinita.

—¡Te dije que no me soltaras! —le grité antes de salir corriendo hacia la casa.

No tenía llaves del apartamento y por eso me enojó aún más tener que esperarlo en la entrada, sentada en el piso, mientras me miraba una pequeña raspadura en la rodilla derecha, casi en el mismo sitio donde ya tenía una cicatriz. Papá llegó cargando mi bici azul, abrió la puerta y yo entré como un huracán. La rabia no me pasó sino hasta la noche, pero solo porque me dio hambre y, aunque seguía sin dirigirle la palabra a papá, traté de posponer el enojo para cenar con mi familia. La abue me dijo que se sentía orgullosa de que hubiera aprendido a montar en bici, que al menos había logrado mantener el equilibrio y que lo demás era práctica. Sin embargo no volví a subirme a la bicicleta, había perdido la confianza en papá. Lo que para él había sido soltarme para que tomara impulso y aprendiera a valerme por mí misma, para mí había sido simplemente una traición.

En el cole, las cosas eran más o menos como habían sido los últimos dos años. Era una estudiante promedio, no me metía en problemas, alternaba mis descansos entre la biblioteca y las zonas verdes aledañas a las canchas, observaba la gente a lo lejos y en ocasiones escribía en un cuaderno lo que sentía, mientras en mi cabeza le ponía música a esas frases que parecían sin sentido. Solía encontrarme con sor Abigail en los pasillos o en su oficina y cuando nos despedíamos ella me obsequiaba un dulce o una frase escrita a mano. Esas frases parecían las de las galletas de la suerte. No sé si ella era una maga, de esas que adivinan los estados de ánimo y logran decir la palabra justa en el momento indicado, o yo le encontraba un significado dependiendo de lo que necesitaba escuchar.

Uno de mis primeros recuerdos de infancia es el de escuchar a mamá cantar y a papá acompañándola con la guitarra. La música siempre estuvo presente en mi vida, como si fuera parte de mi familia, un miembro que con el paso de los años se ausentó, pero que vivía permanentemente en mi mente, volviéndolo todo canciones. Cerraba los ojos y murmuraba, cantando para mí desde lo cotidiano hasta lo trascendental, procurando que nadie me viera para que no pensaran de nuevo que estaba hablando con un amigo imaginario.

Fuera del colegio, aquellos años también pasaron en medio de una rutina tranquila. Los viernes iba casi sin falta a la casa de Vane para hacer tareas, cenaba con su familia y ocasionalmente salía a pasear con ellos o me incluían en sus vacaciones. Esas cenas en casa de Vane eran muy formales, con servilletas de tela, cubiertos para cada cosa, agua servida en copas, comida balanceada y conversaciones que parecían parte de un libreto. Eso me gustaba, sentía que le daba estructura a mi vida, algo de la estabilidad que me faltaba en casa. Yo estaba acostumbrada a las hamburguesas, a los viernes de *pizza*, a la gritería de los amigos de papá cuando veían fútbol, a mi música estridente. Tal vez por eso no entendía por qué a Vane le gustaba pasar tiempo en mi pequeño apartamento cuando el suyo era cinco veces más grande, cuando ella tenía muchos más juguetes, libros, una nevera completamente llena y se respiraba un silencio apaciguador.

Recuerdo que cuando Vane se quedaba en mi casa nos daba por pintarnos la cara con el maquillaje que la abue ya no usaba. Quedábamos como unas payasas, demasiado rubor, nuestros labios pintados de rojo carmesí y nuestros cabellos alborotados como si fueran matorrales llenos de laca, luego cantábamos a grito herido hasta quedar roncas. A veces Juanjo se nos unía y yo lo permitía solo porque a Vane le hacía mucha gracia mi hermano menor.

—Si quieres te lo regalo —le dije un día a mi amiga. Ella pensó que estaba bromeando.

En alguna ocasión nos robamos un tarro de Nutella de la alacena de los Martínez y por la noche en mi apartamento nos untamos la cara en una guerra sin cuartel. Papá nos hacía perros calientes mientras veíamos películas en Netflix y yo notaba cómo se iluminaba la cara de Vane con esa comida chatarra. De algún modo era como si cada una envidiara un poco la realidad familiar de la otra.

—No entiendo cómo tu papá te deja tener ese desorden en tu cuarto —me dijo un día Vane al ver una pila de ropa en un rincón.

En mi defensa debo decir que estaba a punto de meterla en la lavadora.

—Vane, la vida de por sí es abrumadora como para que, además, debamos preocuparnos por esas tonterías —contesté imitando un acento británico mientras sostenía un barquillo de chocolate como si fuera una pipa.

—Dile eso a Elena —contestó riendo mientras me lanzaba una pelota hecha con medias sucias—. Por si no te has dado cuenta, mamá me obliga a organizar la ropa por color.

"Al menos tú tienes tanta ropa que no te cabe en el clóset, incluso varias prendas sin estrenar", pensé.

A veces Gaby se unía a nuestra pequeña pandilla y mi felicidad era completa. Ya estábamos entrando en la adolescencia, pero tratábamos de alargar la infancia lo más que podíamos, haciendo tonterías, entreteniéndonos con juegos de mesa o montando cambuches improvisados en nuestra habitación con ayuda de unas sábanas, para contar historias de terror en las noches, ayudados por una linterna apoyada en el mentón. Nos tomábamos *selfies* que no subíamos a ninguna red social, su propósito exclusivo era hacernos reír, no conseguir *likes*.

Dicen que la familia no se escoge y por esa época no podía estar más de acuerdo. Sentía que mi familia eran mi abue, Gaby, Vane y sus papás, nadie más. Era como si mi corazón se hubiera cerrado, estuviera marchito y no me permitiera amar. Gaby era mi único amigo en el colegio; aunque mi cariño era egoísta, él no estaba dispuesto a ser exclusivo para mí.

Las tardes entre semana las pasaba evitando que Juanjo entrara a mi cuarto con sus pasos cada vez menos vacilantes o sosteniendo charlas tranquilas con mi abue Adelita, acompañadas de lo que amorosamente preparaban sus manos, postres que eran su especialidad. Entretanto, un muro cada vez más grande se instauraba entre papá y yo, un muro que no nos volvía enemigos, pero sí amenazaba con convertirnos en un par de extraños. Era innegable que la tensión entre ambos siempre estaba a flor de piel. No niego que papá se ha esforzado en ese doble rol que la vida le había impuesto, aunque yo no tenía la madurez para verlo de esa forma. A veces criticamos a nuestros padres porque los vemos como enemigos, pero jamás les decimos cuán orgullosos nos sentimos de tenerlos a nuestro lado.

Con la llegada de los cambios hormonales propios de la edad empecé a discutir con papá más que de costumbre. Cualquier estupidez encendía una chispa que crecía y crecía. En la peor pelea que recuerdo, él me gritó porque Juanjo se cayó haciéndose un chichón en la frente y, según él, había sido mi culpa. Le contesté con un gruñido y eso lo enfureció, me dijo que para variar podría empezar a hablar como una persona normal, que ya no era una niña, que debía aprender a ser una hermana mayor y crecer de una buena vez.

—¡Ojalá te hubieras ido tú y no mamá! ¡Te odio! —le grité mientras me alejaba de su presencia azotando la puerta de mi cuarto, dejando tras de mí la huella de mi veneno.

Mi hermanito lloró aún más fuerte que con la caída debido al ambiente y a mis gritos. Yo casi me arrepentí de mis palabras, más porque papá permaneció en silencio y no fue tras de mí para decirme que rectificara lo dicho, tampoco fue a castigarme. Me sentía intocable y con el derecho a vomitar mi dolor en el momento en que quisiera. Papá decía que yo era la "reina del drama" y que me creía el centro del universo. Era como un círculo vicioso. Durante la semana acumulaba todo lo malo que me pasaba: la soledad, mi imposibilidad de participar en clase, los desplantes de las FAV, el hecho de que Vane mantenía nuestra amistad en secreto. En casa estallaba y papá lo permitía sin decirme nada, como si eso fuese parte de una terapia de choque. Eso, lejos de hacerme sentir que me amaba, me causaba más rabia, era como si no le importaran mis pataletas, como si no tuviera nada que decirme o aconsejarme. Nunca me preguntó qué había detrás de mi actitud. Solo iba al colegio cuando había problemas, cuando tenían algo malo que decir de su hija mayor. Entonces venían los reclamos: "¿Cuándo vas a madurar?", "Deja de comportarte como una niña chiquita", "Aprende a ser agradecida por lo que tienes", "Trabajo muy duro para darles lo mejor y tú me pagas con decepciones".

13

"HE VISTO A UNA PAREJA SENTARSE SEPARADA EN EL METRO CON LOS OJOS A UN CENTÍMETRO DE DISTANCIA, A UNA NIÑA REÍRSE A CARCAJADAS DE UNA VERDAD, DOS MANOS BESARSE EN UNA TERRAZA, UNA TIERRA ABANDONADA A TRAVÉS DE UNA VENTANA Y A ALGUIEN PENSAR EN OTRA VIDA, Y ME HE PUESTO TRISTE AL VERME EN TODOS ELLOS".

Elvira Sastre

A veces me miro en el espejo como si este fuese a darme una respuesta a todos mis problemas. Confieso que nunca he sido amiga de mi reflejo porque no me siento bien con mi imagen y, aun así, esas veces en que trato de verme a mí misma procuro buscar lo que todos conocen como el alma. No sé si eso se pueda ver a través de un objeto tan frío y cercano a la vez, pero estaba decidida a encontrar una clave, algo que me explicara en qué estaba pensando cuando me dejé llevar por Lucrecia. Aprovechando que tenía la clave del profe de Educación Física, ingresé a la plataforma y cambié las notas de las FAV en varias materias. Esa acción, ese segundo en el que quebranté la confianza del profesor de Educación Física, no solo acabó con mi credibilidad sino que puso en duda la reputación de una persona que ha trabajado toda su vida para subsistir y lograr sus sueños. Él no podía mirarme a los ojos, lo evitó a propósito, mientras yo veía plasmada en su rostro la decepción y una profunda tristeza. Su mirada danzaba entre la rabia, la lástima y un mar de preguntas que se resumían en un porqué.

Al escándalo ocasionado por Lucrecia y por mí le llegaba un "milagro" que invadía al planeta. Al menos fue como lo vi en ese momento. Por primera vez la palabra pandemia se hacía realidad ante nuestros ojos. Ese diez de marzo de 2019, mientras estábamos con Lucrecia esperando entrar a Rectoría para "aclarar" las cosas y recibir nuestra sanción, las directivas del colegio observaban con asombro la pantalla del televisor en donde aparecía la noticia de última hora. El mundo estaba ante un virus desconocido que avanzaba rápidamente. Parecía algo sacado de una de esas películas gringas, como una historia distópica que nos dice que debemos luchar por nuestras vidas.

Hasta hacía unos meses se veía como algo lejano, irreal, intangible, una enfermedad que solo contagiaba a los asiáticos, luego a los europeos, mientras nos negábamos a aceptar su marcha cada vez más vertiginosa.

—¡Uf! ¡Qué bien! Ojalá tengamos una extinción. Quiero ver que todo esto se acabe, quiero que este planeta quede desolado.

La voz de Lucrecia, similar a la de aquellos que solo quieren ver el mundo arder, parecía fría pero convincente. Ella había permanecido en silencio desde que nos llamaron a Rectoría. Su forma de sentarse, con las piernas abiertas, y la manera en que miraba con desdén las revistas científicas de la sala de espera solo mostraba una cosa: desinterés.

—Si hay una extinción tú también mueres. Si es algo que convierte a la gente en zombis, no creas que nos vamos a salvar —le dije con mi aparente calma, intentando relajar el ambiente con una tontería.

En realidad yo estaba nerviosa, muy nerviosa. Sabía que por más virus que hubiera tendríamos que responder por lo que hicimos. No obstante, a nadie parecía interesarle nuestro problema, algo que confirmaríamos una hora después. Por eso dicen que todo es relativo y lo que en un instante parece grave en otro momento no lo es tanto, sobre todo cuando algo aún peor lo desplaza.

El colegio, al igual que otras instituciones educativas y empresas de la ciudad, había decidido enviarnos a casa a partir del trece de marzo. Teníamos tres días para desocupar los *lockers* antes de sumergirnos en una virtualidad que en un principio parecía prometedora.

—Niñas, no podemos atenderlas en Rectoría debido a que tenemos órdenes estrictas del Ministerio de Educación. Todos tenemos que irnos para la casa. Ya se les comunicará a sus padres qué va a pasar con ustedes.

Petra, la secretaria de Rectoría, nos miró con algo de fastidio mientras nos abría la puerta para que saliéramos. En el salón todo el mundo estaba pendiente de lo que nos sucedería. Creo que las FAV esperaban vernos llorando a causa de una inminente expulsión.

La clase de Español se vio interrumpida por nuestra entrada. Vanessa se giró para preguntarme qué había sucedido. No sé si su falta de carácter la hacía comportarse como una estúpida, pero a veces me hablaba como si nada malo hubiera ocurrido entre las dos, como si yo no hubiera modificado sus calificaciones y las de sus amigas para bajarles el promedio, como si ella no me hubiera convertido en un cero a la izquierda de un día para otro. La miré en silencio, con un poco de desprecio, cerré mi mano izquierda como si quisiera golpearla, esperé unos segundos, sonreí con hipocresía mientras estiraba el dedo medio de mi mano derecha y fingía usarlo para acomodarme las gafas, todo esto de espaldas al profe de Español. Ella se giró de inmediato, no sin antes hacerme una mueca de incredulidad.

Los días por venir olían un poco a libertad. Muchas veces soñamos con quedarnos en casa, evitar madrugar, no verle la cara al compañero pesado y evadir las somníferas clases de Matemáticas. Pero ese sueño comenzaría a convertirse en pesadilla. La tarde del que sería nuestro último día en el colegio, antes del confinamiento, no pasaría sin darme una pequeña sorpresa. Maldita tarde, tenía que ser un viernes trece. Entre la algarabía en los pasillos de aquellos que procuraban sacar sus últimas cosas de los *lockers*, vi a Lucrecia abrazada a Sebas. Sebas y Vane habían sido novios intermitentes todo el bachillerato y hasta hacía un par de meses aún estaban juntos. Tal vez ese era el motivo por el cual Lucrecia había decidido poner sus ojos en él. Ella y Sebas se veían entusiasmados y no precisamente por la misma razón que todos los demás. Venían de lejos y se dirigían hacia donde yo estaba, besándose de la manera más apasionada que jamás haya visto. Caminaban sin afanes, mirándose, riendo, se detenían en medio del tumulto y se besaban de nuevo como si los demás no estuviéramos allí.

Sentí una punzada en el pecho, el aire se me fue y creí desvanecerme frente a todos. Cuando alguien dice sentir que el corazón se le rompe no está mintiendo. Sentí en ese momento que se me resquebrajaba en mil pedazos. No es un dolor normal, como cuando te cortas o te golpeas con algo, es mucho peor, es tan profundo, tan intenso, que te quita la respiración. Lo peor de todo es que yo pensaba que no podía haber nada más horrible que el desprecio al que me había sometido Vanessa, pero sí, fue peor. Intenté esconderme detrás de unas canecas de reciclaje, pero fue inútil. Ella ya me había visto y pasó frente a mí con su brazo izquierdo alrededor de la cintura de Sebas, a la vez que él sostenía el hombro derecho de ella. Lucrecia tomó esa mano y la bajó hacia su pecho, una señal inequívoca de que estaban teniendo relaciones y una forma muy clara de hacerme saber que yo había sido una idiota útil.

Me sentí aún más idiota cuando palpé, dentro del bolsillo de mi *hoodie*, la hoja cuadriculada donde había escrito una nueva canción de amor, una con la que pensaba decirle a Lucrecia lo que de seguro no podría decirle con mi propia voz si la tuviera al frente. "Hoy, después de pensarlo, temblando mi cuerpo, te dije te quiero. No pensaba decirlo, pero esto es más fuerte que mis pensamientos...".

Dos chicas, dos canciones y yo..., la misma estúpida como siempre, dejada de lado, en todas las múltiples ecuaciones posibles. Arrugué el papel en un intento de borrarlo o no sé si para aferrarme al estómago, que empezó a dolerme. Lo arrojé a la caneca donde se reciclan los envases de vidrio, y una monja, cuyo rostro vi borroso como el de todos los demás, me llamó la atención por no depositar la basura adecuadamente. Le di la espalda a su regaño, como hubiera querido hacerlo al mundo entero, a Lucrecia, a mí misma.

Olvidé mis cuadernos, olvidé algunos libros. Ya tenía suficiente peso sobre la espalda para cargar además con cosas materiales. Dejé todo en el colegio como si con ello abandonara los malos recuerdos. Una parte de mí quería llorar hasta ahogarme en lágrimas, pero no le hice caso, me tragué mi desazón y me fui a mi casa como si nada hubiera pasado. ¿A quién le mentía? Tenía un elefante en mi habitación y pretendía ignorarlo. Pensaba en lo positivo que tendría el no regresar al colegio, prolongar el tema de la sanción, no ver a las idiotas de las FAV y mucho menos a Lucrecia con su nuevo noviecito. Me habían apuñalado por la espalda, me habían envenenado y creían que estaba muerta en vida. No obstante, todavía me enfrentaría a un purgatorio.

Las noches por venir no podría conciliar el sueño. Estábamos *ad portas* de comenzar las clases virtuales. Sentía un poco de tranquilidad por el hecho de no tener que enfrentarme a Lucrecia. Si yo tenía que vivir en el purgatorio con papá y Juanjo, y compartir nuestras vidas 24/7, ella estaría atrapada en su propio infierno. Lo único que me ilusionaba era que ella y Sebastián no podrían verse a solas, él no podría borrar con sus caricias ni con sus besos el recuerdo avasallante que yo había dejado en la piel de Lucrecia. Ella no me regaló mi primera vez, me la robó. Tomó lo mejor de mí, me sedujo y luego arrojó a la basura lo que quedaba de mi ingenuidad y mi inocencia.

Hace pocos días empecé a llevar un diario, unas páginas cuadriculadas donde acabo de consignar este capítulo de mi vida. A finales de enero de este año me quedé en casa de Lucrecia, lo cual ya se había convertido en algo usual en los últimos tiempos. Escuché sin querer una pelea con su novia por teléfono y esa noche, cuando Lucrecia se pasó a mi cama, no dormimos como siempre, esa noche todo fue diferente. Debí darme cuenta de que estaba conmigo por despecho, porque su novia la había dejado por teléfono y la había tratado como a una niña inmadura que solo quería atención. Debí imaginar que sus besos y caricias eran de mentira, que estaban destinados a alguien más y que traían consigo rabia y dolor. Mi inexperiencia y cariño hacia ella no me permitieron distinguir que aquello estaba mal. Nunca le dije que se detuviera y me dejé llevar por algo que creí hermoso, pero que se convertiría en la peor de las pesadillas cuando la vi en ese pasillo con el ex de Vane.

Si hasta ese momento la idolatraba, desde el día en que estuvimos juntas me convertí en su sombra. Tal vez por eso, cuando me dijo que hiciéramos el cambio de notas ni siquiera lo pensé. Ella se quedó en el pasillo mientras yo ingresaba a uno de los computadores de la sala de profesores después del horario de clases. A la hora de extracurriculares casi no hay nadie en el colegio, al menos no en el área administrativa, pero entre el cielo y la tierra no hay nada oculto y los equipos de cómputo siempre dejan huella de todo aquel que ingresa, el código del usuario, las horas de acceso, los registros modificados y así. Pero simplemente no podía pensar, le habría dicho que sí a cualquier cosa que me propusiera, por loca que fuera. De nuevo dejé que me usaran, era como si cargara en la frente con un letrero que decía "descartable". La vida me daba momentos de felicidad y luego me recordaba que eran prefabricados, parte de la coreografía de una obra dramática llamada Miranda.

14

"Los que siempre tienen la habitación ordenada
nunca conocerán la emoción de encontrar
algo que ya dabas por perdido".

Neil Patrick Harris

Cuando cumplí trece me pegué un estirón y papá tuvo que comprarme algunas prendas del uniforme, a pesar de que las viejas aún estaban en buen estado. Lo pragmático de papá, o tal vez su tacañería, hizo que mi nueva falda fuera mucho más larga que la anterior, según él, para que me durara el resto del bachillerato. Al ponérmela me sentí prematuramente como una novicia, cubría mis rodillas y parte de las pantorrillas. Era la prenda menos sexy y más desproporcionada del mundo, pero discutir con papá sobre eso era una batalla perdida por anticipado.

Una vez al mes, sor Teresa, una de las profes de religión, pasaba por cada salón revisando si el largo de la falda era el adecuado según el manual de convivencia. Para tal efecto, nos hacía arrodillar a las chicas al frente, junto al tablero. El largo era adecuado si la falda llegaba por lo menos hasta el piso estando en esa postura incómoda mientras nuestras rodillas se enfriaban. Llegó mi turno de pasar al frente, sor Teresa me miró, luego hizo lo mismo con mi falda y como era evidente que el largo era más que adecuado me dijo simplemente: "Usted no". Eso fue aún más humillante que la ya de por sí aberrante arrodillada frente a todos. Manu lanzó una de sus estúpidas frases que solo servían para arengar a los demás y provocar sus burlas, Margo soltó su ya acostumbrada risa de hiena y Fabiana me miró como siempre, con desprecio. Sor Teresa llamó a la compostura y yo regresé a mi lugar, prometiéndome subirle el dobladillo esa misma tarde.

Con el paso de los años y gracias a la ayuda de Vane aprendí a leer mejor en voz alta, al menos para cumplir medianamente con lo que el colegio y sus docentes demandaban de mí: exámenes orales, exposiciones, lecturas, entre otros. Aun así, mis habilidades sociales no mejoraban notoriamente.

Papá no solía ir a mis entregas de notas, principalmente porque siempre estaba ocupado con cosas del trabajo, con mi hermano o en citas médicas de la abue. Yo, por descarte, era la última de sus prioridades, cosa que cambiaría, aunque no de buena manera, cuando perdí dos materias en octavo: Matemáticas y Español. Respecto a Matemáticas, mi eterno tormento, era cuestión de tiempo para que eso pasara. Lo de Español me dolió más porque procuraba entregar mis trabajos escritos de la mejor manera posible, pero el profe le dio mucho peso a una actividad con la que simplemente no pude y que para mí se convirtió en un *déjà vu*. Teníamos que meter la mano en un sobre de manila, sacar un papelito y hablar dos minutos sobre ese tema, ya fuera de actualidad o sobre algo controvertido, por donde la imaginación nos llevara respecto a este. Lo importante era demostrar fluidez y lograr convencer al público que dominabas el tema, fuera o no cierto. Mi peor pesadilla se materializaba, y al llegar mi turno sabía que no lo lograría, sin importar lo que el papelito dijera. Metí la mano en el sobre con la esperanza de que el timbre que anunciaba el fin de la clase sonara, que se disparara la alarma de incendios o que entrara una de las monjitas a decirme que me solicitaban en Rectoría, pero nada de eso ocurrió. Abrí el papelito y decía "Las redes sociales". Tenía mucho para decir al respecto, por ejemplo, que Margo había abierto una cuenta en Ask y desde el anonimato de esa red infame la ultrajaban hasta el cansancio por el tema de su peso o que Fabiana tenía una página en Instagram donde se hacía pasar por otra y contaba con cientos de seguidores, en especial hombres de la edad de su papá. Podía decir también cosas buenas de gente que se reencuentra con sus excompañeros y viejos amores gracias a Facebook o de cómo encontré en YouTube a Julio Profe, el mejor docente de Matemáticas. Ahí la cuestión no fue lo que supiera, era lo que pudiera decir al respecto, y no pude decir nada. El maldito duende en mi garganta aparecía a su antojo, sin llamarlo, sin ser invitado y me apretaba, me asfixiaba, me hacía quedar en ridículo de nuevo y sin misericordia. Margo se rio por lo bajo como una tonta, Ariadna movió la cabeza con desaprobación; claro, como ella sabía tres idiomas y yo ni siquiera podía hablar en mi idioma materno.

El punto es que perdí dos materias y papá tuvo que reunirse conmigo y con la directora de curso para firmar un acta de compromiso académico: "De continuar así, la señorita Miranda Romero será candidata para perder el año...", etcétera, etcétera, firmado por las tres partes. Papá no estaba contento y las cosas se enrarecieron aún más cuando ya íbamos de salida y nos encontramos de frente con sor Aurora, la rectora del colegio. No sé por qué, pero mientras papá y ella intercambiaron un saludo yo seguí de largo, como si no la conociera. Esa tarde en casa papá me recriminó y, créeme, yo también lo hice. No era grosera a propósito, a veces ni yo misma era capaz de explicar por qué hacía lo que hacía o por qué dejaba de hacerlo.

Las cosas no hubieran pasado a mayores si el lunes siguiente, a la hora de una eucaristía por el alma del papá de uno de mis compañeros, no hubiera estado la mismísima sor Aurora a la entrada de la capilla por donde todos íbamos pasando, por donde yo también tenía que pasar, inevitablemente. No sé por qué, pero se me ocurrió la "brillante" idea de repetir mi "hazaña" del día de la entrega de notas. Seguí de largo como si no conociera a la monjita, como si el hecho de no saludar me volviera invisible. Pero no, una vez se puede dejar pasar —imagino que pensó sor Aurora—, dos veces es inadmisible. Me tomó del brazo cuando intenté resguardarme en el interior de la capilla. Me condujo hasta la Rectoría y mientras me decía cosas de las cuales solo recuerdo palabras sueltas, llamó a papá y le dijo que su hija no tenía sentido de pertenencia alguno para con el colegio y que mi acto deliberado de grosería y rebeldía, sumado a mi compromiso académico, ponía en riesgo mi cupo en el colegio. ¿En serio? ¿Hasta ese punto habían llegado las cosas? ¿Matrícula condicional por no saludar? Entendía que mi actuar no era el adecuado, pero el castigo se me hizo desproporcionado.

Esa tarde, en la cocina del apartamento, aguanté el regaño de papá en silencio. No quería añadirle más leña al fuego en el que ya ardía nuestra relación. La abue trató de interceder por mí y eso solo empeoró las cosas porque él la llamó alcahueta, la culpó de mi manera de ser diciendo que yo era como era porque ella me consentía demasiado. Empecé a llorar, solo quería que todos me dejaran en paz, pero mis lágrimas lo molestaron más. Papá creía que yo utilizaba las lágrimas como un recurso para salirme con la mía cuando las cosas estaban mal. Hacía más de dos años mi hermanito había dicho su primera palabra, Nanda, en un intento por pronunciar mi nombre. No lo merecía, yo no había hecho nada para ganarme ese honor, así como tampoco hice méritos para que esa tarde Juanjo se abrazara a las piernas de papá y le pidiera que no regañara más a su hermanita, a su Nanda. Solo entonces a papá se le pasó la rabia y abandonó la cocina.

Empecé a preguntarme por qué papá había decidido quedarse solo. No tenía la confianza para interrogarlo por su vida amorosa, si aún amaba a mamá, si había decidido esperarla como un novio eterno y de paso renunciado a volver a sentirse amado. Los jóvenes solemos imaginar a nuestros padres como seres asexuados, instalados en su papel de padres, y damos por sentado que no tienen ciertas necesidades, esas que supuestamente con los años se van perdiendo. Creemos que para ellos es suficiente con formar una familia, ser proveedores y cuidar a sus hijos. Cuando somos niños los vemos inmensos, eternos, como ídolos; al llegar a la adolescencia se convierten en seres pequeños, que no saben nada y que pretenden inmiscuirse en cada aspecto de nuestras vidas. Solo con el tiempo comprendemos que son seres humanos como nosotros, que también se equivocan, que también necesitan sentirse amados.

15

*"No he sido una fiel creyente de promesas,
de esas que ven amores a lo eterno,
tampoco veía lo tierno como una gran virtud;
hasta que apareces tú".*

Kany García

Ayer pasé otro día contaminándome con noticias, trinos y memes de la pandemia, y un dolor de cabeza incipiente hizo su anuncio en forma de un repiqueteo constante en mis sienes. Cerré los ojos y me masajeé suavemente con mis dedos largos y fríos, justo allí donde el dolor empezaba a manifestarse, pero las imágenes seguían allí, reproduciéndose sobre el lienzo rojo de mis párpados cerrados.

Irritada, abrí los ojos y cerré el portátil de golpe. "Ya no puedo seguir así", pensé. Llevaba semanas en casa, sin hablar casi con nadie y solo por momentos, debido a las puertas cerradas, las únicas voces que escuchaba aparte de las de mi cabeza eran las de videos en la pantalla del portátil. Me he vuelto compulsiva, pasé de una completa apatía ante lo que sucedía a mi alrededor a alimentarme de todo lo malo que me rodeaba. "Ya no puedo seguir así", repetí para mí misma, esta vez en voz alta. Me senté junto a la ventana, pensando en que si veía a otro ser humano tal vez me entendería, pero los minutos pasaron y ninguna de las personas que habitaban los veinte apartamentos de mi edificio se dignó cruzar frente a mi ventana.

Cerré los ojos de nuevo y mi mente se fue navegando a través de los sonidos que escuchaba: un pajarito preso en la jaula del 3b; el taconeo del vecino del piso de arriba, ese mismo que poco antes de la pandemia había descubierto que era travesti; las bolitas de vidrio con las que jugaban los niños de al lado, rodando por el piso laminado y chocando contra la pared; un sonido de tambores que por alguna razón me relajó; las notificaciones incesantes de mi celular, recordándome que la gente aún sabía que yo existía porque tenía mil mensajes por escuchar; el rugido del viento contra la ventana.

Me sentí de repente tan parte de un todo, de ese cúmulo de energía al que llamamos universo, que la desesperación se marchó junto con el dolor de cabeza y finalmente pude respirar a profundidad y sonreír después de aquellas semanas de cuarentena. Fue entonces cuando a través del más olvidado de sus sentidos mi corazón se descontaminó, y me sentí lista para marcar aquel número y embriagarme de nuevo con su voz. Sin embargo, cuando ella dijo "Aló", simplemente colgué.

La pandemia nos agarró con nuestra soledad a cuestas y la incredulidad en el corazón. La abue se va marchitando como una rosa en un desierto de recuerdos mientras Juanjo ve frustradas sus salidas al parque y los domingos de helado. Papá, bueno, papá hace unos días comenzó a comportarse de manera extraña, tengo que confesar que al comienzo pensé que se debía a lo brutal de las noticias que recibíamos o por todo lo que le tocaba hacer. Si bien es cierto que le ha tocado multiplicarse, su rareza va más allá, solo que sus obligaciones ocultan la verdad. Él se sienta con Juanjo para recibir sus clases virtuales, no es fácil mantenerlo concentrado, además tiene que jugar con él y contestarle el millón de preguntas que suele hacer. Por otra parte, está la abue con sus achaques, sus olvidos y la desesperanza. Mi padre es el que sale al supermercado para abastecernos, hace largas filas, está pendiente de la casa, asiste a reuniones densas e interminables de trabajo, resuelve problemas de sus clientes. Papá habla por teléfono todo el día, la diferencia es que algunas de esas llamadas las hace a "escondidas", en voz baja, casi susurrando.

—Yo también. Un beso...

Esas cuatro palabras no suenan nada bien, no juntas, no susurradas. Dudo mucho que se las esté diciendo a su jefe, a alguno de sus compañeros o a sus clientes.

—No lo sé, creo que todavía no. Miranda no lo entendería, quisiera darle un poco más de tiempo. Tú entiendes, adolescentes.

Su voz cambia durante esas llamadas, se vuelve más profunda, más suave. Cuando lo sorprendo se pone nervioso y dice incoherencias, como quien trata de ocultar algo.

De noche mi habitación parece hacerse más estrecha, como si con la oscuridad se replegara sobre sí misma, encogiéndose, envolviéndome. A veces siento que estoy en una cárcel dentro de otra cárcel, y no sé a ciencia cierta en cuál de las dos estoy más atrapada.

Al mirar hacia la calle la sensación también es opresiva, asfixiante. Nos bombardean diariamente con noticias sobre curvas de contagiados, puntos rojos que se extienden, muertos, toques de queda y restricciones. Vivimos con el miedo acechándonos en cada rincón de nuestras casas, sazonado con la esperanza de una vacuna, con la promesa de disponer de mucho tiempo para compartir en familia o hacer las cosas que siempre quisimos hacer. Con el paso de los días esas promesas se vuelven más difusas. Ayer me dije "Voy a correr, ha llegado el momento de ponerme en forma" y salí con mi tapabocas a dar unas cuantas vueltas en el parque junto a mi edificio. No habían pasado quince minutos cuando uno de los vigilantes me pidió que me devolviera para mi apartamento mientras una vecina me recriminaba desde su ventana: "Acaso no sabes que pones en riesgo la salud de todos cuando sales". Cosas como toser o estornudar se volvieron un delito de un día para otro. Por eso hoy estoy en casa, consignando mis pensamientos en un diario recién empezado, pensamientos que no siempre son alegres, pero que al menos me ayudan a mantener la cordura.

No sé en qué momento sucedió, pero creo que todos nos sumimos en esta pesadilla. De un instante a otro vimos cómo el pánico se apoderaba del planeta. Los gobiernos cerraron fronteras y aeropuertos, las calles se tornaron desiertas, tan desiertas como mi alma, el horror se apoderó de nuestras vidas y todos nos sumimos en el confinamiento sin saber qué hacer.

A veces me pregunto si todo esto hubiera sido diferente con mamá. Tal vez ella habría sido el punto de equilibrio en mi convivencia con papá, con la abue y Juanjo. Sobrellevar toda la mierda que estaba viviendo, agregándole una pandemia y una cuarentena a mi vida, no parecía ser lo más positivo en esta historia.

Las clases comenzaron con un desorden lógico. Nadie estaba preparado para esto, los profesores no sabían usar las pizarras digitales, la señal de internet parecía tan intermitente como las luces de los adornos decembrinos, nos exigían usar el uniforme para sentarnos a las siete de la mañana frente a un computador frío y prender la cámara, lo cual me parecía ridículo porque la señal empeoraba y no entendíamos lo que los profesores decían. Todo ese caos no era más que una cortina de humo que cubría mis problemas con su manto. Algunos estúpidos del salón eliminaban a las personas de la clase, lo cual representaba toda una tragedia porque nos tomaba una eternidad volver a entrar.

Papá se enteró del cambio de las notas y mi sanción en suspenso y ni siquiera me regañó. Simplemente movió su cabeza en señal de desaprobación, en un gesto que parecía decir que ya no esperaba nada bueno de mí, que tendría suerte si al menos lograba graduarme del colegio, parecía como si hubiese perdido la fe en mí o, peor, como si se diera por vencido. Él solía encerrarse en el estudio a trabajar y desde mi cuarto yo escuchaba parte de sus reuniones de trabajo, la forma en que discutía o la presión que se generaba algunos días. La vida fuera de casa se nos revolvió con la personal sin poder evitarlo mientras la abue me traía por tercera vez el desayuno y, como si se tratara de una tragicomedia, me decía: "Mijita, mire, aquí le traje algo para que coma porque con hambre no se puede estudiar". Yo atinaba a apagar la cámara para que ella no apareciera como telón de fondo de mi habitación, provocando la burla de mis compañeros. El hecho de encender las cámaras solo remarcaba nuestras diferencias, como si nos hubiéramos visto abocados a participar en un *Gran hermano* en versión mundial, donde la invasión a la privacidad estaba a la orden del día. No puedo evitar sentir nostalgia al ver a Vane en su cuarto, allí donde pasamos tantos momentos riendo y jugando a que éramos las mejores amigas del mundo. El estudio de Ariadna está tapizado de trofeos y medallas de todas sus competencias deportivas. Fabiana siempre luce impecable, como si diariamente la peinara un profesional. Es como jugar a observar y ser observados, como el más macabro de los juegos voyeristas. De algún modo esto alimenta el morbo que tuve durante años, el de saber cómo viven mis compañeros, el poder satisfacer las dudas que me asaltaban sobre qué tan diferentes o parecidos éramos.

A Lucrecia no la he vuelto a ver porque desde que todo esto empezó no se ha dignado prender la cámara y siempre tiene una excusa para no participar en clase. Si no es el internet, es una falla en su portátil, pretextos que ya no le alcanzan para recuperar el rosario de ceros que se le van acumulando.

Juanjo llora porque le cuesta permanecer más de media hora sentado frente al computador o porque no puede salir a jugar. Y yo, bueno, yo chateo todo el tiempo con Gaby tratando de mantenerme conectada con algo que no sean las noticias o mi familia. Mensaje va, mensaje viene, mientras en el fondo se escucha la voz del profe de Matemáticas.

—¿Supiste lo de Lucrecia y Sebas? —me pregunta—. Marica, qué gente tan de malas, preciso empiezan una relación y llega una pandemia. Bien hecho, esos dos no merecen ser felices.

—¿Por qué lo dices? —le pregunto—. Creo que Lucrecia ya vivía un infierno en su casa como para que tú le desees la infelicidad. Te desconozco.

—Amiga, yo sé que Lucrecia va por ahí ilusionando personas y rompiéndoles el corazón.

Oh, oh, esto no está bien. No le he contado nada a Gaby de lo que pasó entre Lucrecia y yo, pero entiendo su indirecta. Él siempre ha tenido esa forma de decir las cosas para tratar de sacarle a uno la verdad. Finjo no prestarle atención a sus palabras, no quiero sentirme descubierta ante él, no porque desconfíe, sino porque aún me duele. Pienso además en todo lo que se molestaría si le cuento que caí en los brazos de Lucrecia, pero especialmente en sus mentiras. Gaby a veces parece un hermano mayor que aconseja y otras veces, un papá regañón, con el mío tengo suficiente.

Mi vida se cae a pedazos, mientras Instagram me muestra fotos de la "feliz pareja", fotos de antes de la cuarentena que hasta ahora se atreven a publicar. Cada imagen que voy descubriendo, cada beso que se habían dado y que había quedado inmortalizado en esas fotografías infames estalla en mí como una bomba atómica.

Juanjo me descubre mirando una *selfie* que nos tomamos con Lucrecia a principio de año. En ella aparecemos mejilla con mejilla, sonriendo, y él me pregunta por qué me veo tan triste si estoy mirando una foto donde estoy feliz. Me seco las lágrimas, pero Juanjo no está dispuesto a rendirse tan fácilmente con su interrogatorio.

—¿Ustedes se aman? —pregunta. Tal vez lo adivina por el gesto cómplice que se esconde en nuestras miradas o por la cercanía con la que aparecemos en esa imagen.

—Creo que en ese momento sí, algo de eso había.

—Pero son dos mujeres.

—Lo sé —contesto con el corazón agitado, preparándome para lo que sea con lo que vaya a salir mi hermano.

Tengo miedo de que Juanjo crezca escuchando los comentarios de los amigos de papá, de que me odie por ser como soy. Sí, yo sé, no he sido la mejor hermana del mundo, pero no por eso me deja de importar lo que mi hermano piense de mí.

—Mmmm..., lo importante es que se aman —concluye él suspirando.

Se me hace tan parecido a Gaby en este momento, tan maduro y acertado que no puedo evitar abrazarlo, a pesar de no ser una persona de abrazos; él se sorprende, pero se alegra, y se deja envolver por mi repentino arranque de amor fraterno.

Procuro no pensar mucho en Lucrecia, no quiero que también me robe los pensamientos y lo poco que queda de mi tranquilidad. A las personas que no valen la pena debes simplemente borrarlas de tu vida, hacer de cuenta que pasaron, que dejaron alguna huella, una marca, una experiencia más. No digo que sea fácil, tal vez aprender a ser práctica hace parte de madurar. O a lo mejor lloraré por lo que me hizo, de nuevo, más adelante. Ahora tengo cosas más importantes en qué pensar y por las que preocuparme.

Al menos me salvé del castigo por el cambio de las notas, de perder el año, de una expulsión, debido a que, por decisión del Consejo Directivo del colegio, conformado por la Asociación de Padres y la Rectoría, se decidió que nadie que fuera pasando el año al inicio de las clases virtuales podía perderlo o ser expulsado. Creyeron, y con razón, que ya era de por sí estresante todo lo que estaba sucediendo en el mundo para añadirle además el agobio de subir o mantener nuestras notas aquel último periodo. Lucrecia, en el único gesto decente que tuvo conmigo, admitió ser la autora intelectual del hecho y cargó con la mayoría de la culpa. Tal vez se dio cuenta de que yo era la única persona honesta en su vida o la cuarentena estricta la afectó tanto que se volvió loca y decidió confesar.

Las cosas en casa se están cayendo a pedazos, la abue se va deteriorando ante nuestros ojos, para ella se van los recuerdos, se pierden en el mar del olvido y no puedo evitar envidiarla un poco porque yo misma quisiera a veces olvidar episodios enteros de mi vida. De un momento a otro ya no es la misma, ya no es mi abue, se porta como una niña de cinco años. Papá discute con mis tías a diario por teléfono, incluso por Zoom. Él insiste en que ha llegado el momento de internar a la abue en un lugar donde la puedan cuidar todos los días, mientras que sus hermanas se oponen a que un grupo de extraños se encarguen de ella teniendo una familia que la puede cuidar.

—Estoy cansado —lo escucho susurrarle a la tía Clarita, tal vez para evitar que los demás miembros de la casa lo escuchemos—, es como vivir con tres menores de edad, cuidarlos y a la vez encargarse de la casa, del teletrabajo, salir a hacer las compras porque nadie más puede, llegar y bañarse, limpiar y desinfectar todo. Miranda, como siempre, se vale por sí misma, pero con Juanjo es diferente: me toca estar pendiente de sus tareas, de que preste atención a las clases, leerle un cuento por las noches. Es agotador vivir a ese ritmo. Amo a mi madre, de no ser por ella no sé qué habría hecho cuando Claudia me dejó con dos niños pequeños y lleno de deudas. No tengo paz cuando ella olvida cosas, a veces mete piezas de aluminio en el microondas, la encuentro en la madrugada tratando de romper la cerradura de la entrada porque se siente atrapada y dice que quiere volver a su casa. Muchas veces olvida mi nombre, no me reconoce y pregunta por mí como si yo fuera un extraño: "¿Quién es usted?". Amo a mamá y quisiera tenerla más tiempo conmigo, pero me da miedo entrar un día a su cuarto y darme cuenta de que incluso se olvidó de respirar, de no saber qué hacer o de que se salga del apartamento y se pierda. Eso no me deja dormir por las noches.

Para completar el cuadro dramático, las clases comienzan a revelar que yo no soy la única con problemas. El síndrome del micrófono abierto empieza a hacer su aparición y con él se desnuda el lado oscuro de nuestras familias.

Uno a uno, se fueron exponiendo como si se tratara de los personajes de la novela distópica *1984*. Sin pedir permiso, nos habíamos metido como intrusos a las casas y las vidas de los demás. Primero pasaron cosas graciosas, nos enteramos de uno que otro chisme bobo; por ejemplo, que Margo está enamorada de Manu, los regaños de la mamá de Sebas, el papá de Ariadna soplándole las respuestas en clase de Física, los insultos del profesor de Inglés a su proveedor de internet por su mala señal. Pero esos tonos grises se apartarían para develar los instantes más sombríos de nuestras vidas.

La monotonía de las mediocres clases virtuales sería rota por la odisea que vivía Vane en su casa. En un descuido su micrófono quedó abierto y a través de esa conexión descubrimos que su utópica vida no era tan perfecta como todos creíamos y que la princesa no vivía en un cuento de hadas. Vane le enviaba a su hermana mayor un mensaje de voz donde le contaba el infierno por el que estaba pasando su hogar, su familia se desmoronaba a pedazos mientras ella debía fingir que todo estaba bien.

—No sabes lo horrible que se tratan, casi todas las noches se insultan, tiran puertas, gritos e insultos van y vienen, mamá llora en la ducha, papá sale furioso de casa y después llega borracho a seguir gritando. Todo es insoportable. Lo peor, no tengo a quién contarle esto.

"Amiga", acabas de contarle a todo el salón tu tragedia, de seguro en las redes sociales y en los grupos de WhatsApp lo comentarán porque nadie se conduele por tu historia, pensé.

El profesor no pudo detener semejante catástrofe. Treinta segundos antes se había levantado para buscar el cable del computador porque este se iba a descargar. Para colmo de males, él se había quitado los audífonos, así que no pudo escuchar nada de lo que Vanessa confesaba. Todo fue muy rápido, pero no lo suficiente, y la misma Vane notó lo que pasaba. En ese preciso instante hizo su aparición la hipocresía colectiva. En el momento en el que Vane se dio cuenta de su micrófono abierto, trató de cubrir lo que había revelado, a lo que la mayoría de las personas respondieron con frases sin ningún valor:

"Tranqui, Vane, creo que nadie entendió ni una palabra de lo que estabas diciendo".

"Vane, somos una familia, nadie te va a criticar por eso".

"Nos pasa a todos, ¿quién no tiene problemas?".

Y era cierto, todos teníamos problemas, algunos más graves que otros, algunos más fáciles de ocultar ante los ojos de los demás. Ese hecho debió hacernos sentir que éramos más parecidos de lo que creíamos, pero aún tenían que pasar muchas cosas, a cuál más dolorosa, para que nos diéramos cuenta de que en el fondo estábamos hechos de lo mismo.

En la última semana de mayo y en plena cuarentena estricta, papá llegó de mercar y tras él venía una silueta sombría, pero elegante. Me asusté en un primer instante, pensé que estaba alucinando y que mamá volvía para quedarse. Después mi rostro cambió al ver que la figura de una mujer se descubría frente a mí. Ella, la intrusa, dejaba ver su cabello castaño claro, sus ojos color marrón, su figura estilizada flotando en perfume y enfundada en un pantalón negro, un abrigo verde oliva y unos botines altísimos. Hasta el bendito tapabocas combinaba con su atuendo. Debió notarse mi disgusto porque papá usó ese tono conciliador que suele sacar cuando su hija se porta mal, una mezcla diplomática entre autoritario y mediador.

—Miranda, ella es Lucía. Lucía es una... amiga —dijo papá usando una voz como si yo tuviera seis años.

—Somos amigos desde la universidad —aclaró ella—. Un gusto conocerte, Miranda.

Lucía estiró la mano, a lo que yo reaccioné con una mirada asesina, como si esa mano estuviera cargada de todos los virus posibles. Sin decir nada les di la espalda y me encerré en mi cuarto. Así que esa era doña "Yo también. Un beso", pensé recordando las llamadas secretas de papá.

Sabía que tendría problemas con él por mi actitud de niña rebelde, pero, aun así, no me importaba porque veía a esa señora como una invasora y a papá como un traidor. ¿Quién era esa y por qué papá la traía? Alguien llegaba a mi casa, a nuestra casa para invadir nuestras vidas y yo no entendía la razón por la que ella parecía llenar cada espacio, cada rincón de nuestra existencia. Nos visitaba cada día sin falta, a pesar de que esas visitas estaban prohibidas a causa del virus, pero eso no parecía importarles a "Bonnie y Clyde".

Lucía se fue ganando la confianza y el cariño de Juanjo. Mi hermano ya no daba tanta lidia como antes, estaba más tranquilo porque ella le jugaba, le hacía voces cuando le contaba cuentos y eso lo hacía reír. La muy maldita mostraba sus garras y lograba que el pequeño pusiera atención en sus clases, que papá se viera menos estresado, que la abue se sintiera protegida. Y yo, yo no podía con tanta perfección. Sentí que Lucía me robaba el cariño de toda mi familia y que, de buenas a primeras, quería que yo la aceptara como una nueva madre o, por lo menos, eso era lo que yo creía. Lo que ella no sabía es que yo estaba dispuesta a darle la pelea.

Su figura ya era parte del decorado de la casa, tanto así, que ya no sabía si ella llegaba muy temprano mientras dormíamos y se iba cuando nos acostábamos, teniendo en cuenta que yo me dormía a la una o dos de la madrugada.

Los días pasaban con esa sensación en la que pierdes la noción del tiempo. Los martes dejaron de ser martes, los domingos perdieron su festividad. Ya no sabía qué día de la semana era porque el encierro se va tragando tu libertad y las ganas de disfrutar de los segundos, los minutos y las horas. El tiempo se vuelve un concepto anodino, deja de ser efímero para eternizar el ambiente lúgubre en el que vivimos.

Lucía quería jugar a la "familia feliz" e incluir a papá en ese sueño. Siempre me había preguntado si mi padre sería capaz de volver a amar a alguien, pero pensaba en sus malos chistes y entendía que, tal vez, nadie lo querría por eso. Él y su "amiguita" se refugiaban en nuestra casa mientras el planeta entero se enfrentaba a uno de sus temores más grandes. Papá buscaba congraciarse conmigo mientras ignoraba el dolor que yo cargaba por dentro. La "hermosa pareja" comenzaba a hacer planes para lograr mi aceptación, yo por mi parte tenía toda la intención de sabotear cada uno de sus intentos.

Desde que mamá desapareció, papá no dejó que la abue cocinara. Aunque ella se dejaba llevar por su testarudez, algunas veces nos preparaba un desayuno decente y alguna que otra comida casera. Papá siempre ha dicho que él tiene la sazón en los dedos, es obvio y yo le creo, porque sus amigos lo llaman el Rey del *Delivery*. Todo lo soluciona con domicilios, de esa manera nos volvimos clientes destacados de los restaurantes de la zona, pero de esos que ofrecen un menú de comida "chatarra". Hamburguesas, *pizzas*, perros calientes y cuanta cosa frita hay se volvieron parte de nuestra dieta tanto al almuerzo como a la cena.

Lucía y yo habíamos comenzado con el pie izquierdo. Yo no la saludaba y no le dirigía la palabra, cerraba la puerta de mi cuarto cuando ella pasaba por el lado, la ignoraba cuando me hablaba y ponía los pies encima del sofá cuando ella se iba a sentar a mi lado. Yo me escudaba en el distanciamiento social, pero en realidad no resistía su presencia en la casa. A pesar de que ella hacía todo por ganarse mi amistad, yo le hacía pasar momentos muy incómodos. Lucía es una mujer de unos cuarenta y seis años, divorciada de un matrimonio que le duró veinte años y con dos hijos que se quedaron a vivir en su natal Miami. Ella, quien ha dirigido empresas con muchos empleados, se veía en la encrucijada de su vida al tratar de convencer a una adolescente de que lo mejor para todos era aceptarla en la familia. Yo, en mi mar de soberbia, decidí que eso era lo "peor" para nosotros y que, por lo tanto, no le aceptaría ni un vaso de agua. Con lo que no contaba era con las habilidades culinarias de mi "enemiga".

La abue tiene un dicho que casi siempre se aplica cuando me da por protestar y me niego a hacer lo que papá quiere: "El hambre te hará comer y el sueño te hará dormir". Lucía llegó para tentar al traidor de mi estómago, para seducirme con sus dotes culinarias y hacerme caer en la trampa. Una noche la vi en la cocina picando, revolviendo ingredientes, mezclando especias como si se tratara de una pócima mágica, de una de las escenas de *Como agua para chocolate*. Ella se había convertido en Tita, el personaje principal de ese libro que tanto le gustaba a mamá. Los aromas llegaban a mí con un perfume embriagante e hipnotizador, esos olores me atraían, me llamaban con una voz suave que fluía por toda la casa, no había lugar para escapar. Por primera vez en mucho tiempo teníamos comida casera, fresca y balanceada.

Mi orgullo de chica rebelde no me permitía caer en la red que me había tendido Lucía, quien al igual que Tita en la novela de Laura Esquivel parecía conocer los secretos de la cocina para enamorar y seducir a cuanto incauto se atravesara. Papá, la abue, Juanjo y ella se sentaron a la mesa a compartir como si fueran la familia perfecta. Los escuché reír, hablar de cosas positivas, de anécdotas de sus vidas, Juanjo no hacía sino repetir que todo estaba muy rico. Mi estómago crujía cual si se tratara de un dragón hambriento. Los minutos pasaron y los olores permanecían intactos. Al terminar de cenar, los comensales se fueron a ver una peli mientras yo me quedaba al borde de terminar mi huelga de hambre. Como si fuera una ladrona, fui a hurtadillas hacia la cocina para ver si quedaba algo con lo que pudiera saciar esa necesidad primaria que tenemos todos y así calmar los retorcijones de mi moribundo estómago. Me sorprendí cuando vi una bandeja y dos platos protegidos con papel aluminio para mantener el calor, como si supiera que yo iría más temprano que tarde. Encima de los platos había una nota que decía:

Miranda, disfruta esta deliciosa comida en símbolo de paz.
Con cariño, Lucía

No le puse atención a lo que decía, destapé eso y comencé a devorarlo todo. El lomo en salsa de vino tinto y panela, las papitas al horno con un toque de romero, el arroz con ajonjolí y una ensalada con un aderezo sutil, entre dulce y salado que me llevó al borde del delirio. Me senté en el piso como si fuese una refugiada que no come en días. Había que sentir la textura, los sabores, los colores y la jugosidad que danzaban en un equilibrio perfecto, todo armonizaba de una manera única. Mientras masticaba viví una experiencia extrasensorial que me alimentaba el alma y la sanaba. Estaba a punto de terminar cuando Lucía se apareció en la puerta de la cocina, primero me miró de lejos como quien se enfrenta a una fiera indomable y no quiere salir herido, obvio que yo era esa fiera. Después de unos segundos en los que no reaccioné, ella se sintió más confiada y comenzó a avanzar, la vi sentarse junto a mí en posición flor de loto y a una distancia prudente como quien no quiere invadir mi espacio personal. Creo que en ese momento tenía toda la cara untada de salsa porque ella no dejaba de mirarme. La escuché romper nuestro silencio después de haber escogido sus palabras con mucho cuidado:

—Sé que me ves como a una intrusa, una ladrona que te quiere robar a tu papá, a tu familia, pero no hay nada más lejos de la realidad. Verás, tengo que confesarte algo: tu papá siempre fue el amor de mi vida, nos conocimos mucho antes de que nuestras vidas cambiaran para siempre. Éramos jóvenes, soñadores e ingenuos. Yo quería ser una gran ejecutiva y apliqué para una beca en los Estados Unidos; él se quedó aquí porque se sentía responsable por tu abuelita y le daba miedo dejarla sola. Sus hermanas, tus tías, se casaron muy jóvenes. Yo me prometí volver y él me aseguró que iría a visitarme. No hay nada más dañino para el amor que la distancia; con el tiempo nos fuimos alejando, ya no hablábamos tan seguido, conocí a alguien mayor que yo y quedé embarazada. Era obvio que la noticia destruiría nuestras promesas y de paso la relación. Al año siguiente supe que tu papá se comprometió con tu mamá, años más tarde me enteré de que tenían a una pequeña llamada Miranda, para ese entonces yo ya tenía a mis dos hijos, una hermosa casa y un trabajo de ensueño, pero no era completamente feliz. Esa infelicidad fue creciendo hasta convertirse en tedio; con el tiempo, no aguanté más y me divorcié. Hace dos años decidí vender todo, renunciar a mi trabajo y devolverme a Colombia. Me sentía devastada, perdida, sin ganas de nada, pero la vida se encarga de juntar las piezas y, por cosas del trabajo de tu papá, nos volvimos a encontrar. No sabía que estaba..., bueno, no sabía lo de tu mamá. En fin, una cosa llevó a la otra y comenzamos a vernos y a tratar de saber qué quedaba de aquel gran amor que nos teníamos. Creo que ambos nos merecemos una oportunidad después de tanto sufrimiento. Si no había venido antes a tu casa es porque consideré que no era el momento, pero esto de la pandemia me hizo pensar que podíamos ayudarnos en nuestra soledad. Lo último que quiero es hacerles daño. Si no quieres que vuelva a tu casa, lo entenderé; si me odias, también lo comprenderé, pero no me pidas que deje de querer a tu papá porque no lo voy a volver a dejar...

Lucía se levantó mientras yo me limpiaba la boca con una servilleta. No sé qué sucedió, pero mientras ella caminaba hacia la puerta de la cocina, en esos pocos segundos, recordé que, cuando ella estaba en casa, Juanjo era un niño feliz y que Lucía se sentaba con él para ver sus clases. Mi hermano reía todo el tiempo con ella, recordé que papá estaba mucho más tranquilo, que se reían juntos, que la abue tenía alguien con quien hablar y que, me gustara o no, todos podíamos confiar en ella. Creo que saqué fuerzas de donde no las tenía y levanté la voz para detenerla:

—No —dije casi a manera de súplica—, no quiero que se vaya. No espere que seamos amigas ni mucho menos que le diga mamá; eso sí, trataré de ser más amable.

La vi apretar sus labios como una forma inútil de contener el llanto, tal vez porque eso era lo que ella anhelaba. Se quedó ahí petrificada esperando un abrazo que no llegó, todavía la seguía viendo como una invasora, una intrusa que cocinaba delicioso y que ganaba puntos conmigo.

—Gracias, estaba delicioso lo que preparó —continué—. Ojalá se puedan repetir esas comidas acá en casa porque si no papá nos va a matar a punta de domicilios.

Un silencio nos abrazó durante unos segundos, después ella comenzó a reír. Era una risa contagiosa que provocó en mí la misma reacción, creo que esa fue mi forma de decirle que entre nosotras habría un acuerdo de paz, una tregua que haría felices a papá, a Juanjo, a la abue y, quién lo diría, a mí.

16

"El amor nunca está equivocado".

Melissa Etheridge

La adolescencia me llegó con todo su "esplendor" un poco más tarde que a mis compañeras. Mientras ellas con trece o catorce años
empezaban a convertirse en divas de Instagram subiendo fotos de
sus viajes o *selfies* que parecían tomadas por un profesional, yo ni siquiera tenía celular. A mi mente viene una anécdota, o más bien dos,
que me involucra a mí y a papá. Recuerdo que todo comenzó un viernes por la mañana. La abue se había ido con Juanjo desde la tarde
anterior a pasar ese fin de semana, que era puente, a casa de mi tía
Clarita, la hija menor de la abue. Ella los recogió en la portería del
edificio y yo me distraje saludando a mi tía y ayudando a bajar las
cosas de Juanjo. Olvidé cerrar las ventanas del apartamento a pesar
de la insistencia de papá: "Es época de lluvias y con las lluvias llegan
los zancudos, no olvides cerrar las ventanas". Mi descuido me pasó
factura cuando al día siguiente, después de bañarme, me percaté de
que aquellos perversos insectos habían hecho estragos en mi cara.

Una picadura infame adornaba mi párpado superior derecho y otra mi labio superior, del lado opuesto. Si aún me decían Harry Potter a pesar de que mi cabello había crecido, con la cara que tenía me iba a convertir en la Cuasimodo del curso. "No, de ninguna manera —pensé—, así no puedo ir al colegio... No lo haré".

Me puse la pijama de nuevo y me metí en la cama. No habían pasado diez minutos cuando entró papá a mi habitación, sin siquiera golpear la puerta.

—Miranda, ¡por Dios! Son las seis y cuarto de la mañana, te desperté hace media hora, ¿qué haces acostada todavía? ¡El bus pasa en quince minutos!

Hice caso omiso a sus palabras y a la hora que marcaba el reloj, solo quería taparme la cara una semana entera, hasta que las ronchas gigantes desaparecieran. Cinco minutos después papá entró de nuevo a mi cuarto y de mucho peor humor.

—Más vale que tengas una buena excusa —me dijo levantando la voz a la vez que retiraba el edredón que envolvía mi cuerpo.

—Hoy no voy al colegio —le comuniqué—. Mírame, parezco un monstruo.

Papá, con la impaciencia de quien se le está haciendo tarde para irse a trabajar, abrió de un tirón las cortinas para que me diera la luz en la cara, me tomó a medias de la barbilla y me dijo que eso no era nada, que prácticamente no se notaba.

—¡Te vistes y sales ya, te quedaste sin desayunar!

A regañadientes me puse el uniforme y tomé mi morral, pero cuando me miré al espejo junto a la puerta de salida del apartamento, para asegurarme de que no era nada como había dicho papá, me pareció que las picaduras habían aumentado su tamaño. Me veía como un ogro, como el ser más desagradable del universo, así que dejé el morral en el suelo y me crucé de brazos, dispuesta a devolverme para mi habitación a esconderme.

—No voy, papá, no puedes obligarme. Punto.

Él no estaba dispuesto a discutir más. Tomó mi morral, me agarró del brazo derecho y me sacó del apartamento. Papá salió también y le echó llave a la puerta. Empezamos a descender las escaleras, los tres ignominiosos pisos que me separaban de enfrentarme con un bus lleno de gente, mientras lloraba a mares, con lo cual el estado de mi rostro no hizo sino empeorar. Las cosas no fueron tan malas como pensé, en el bus apenas si repararon en mí, la mitad de la gente leía o hablaba y la otra mitad dormía, y para cuando llegué al colegio las picaduras no eran más que un par de puntitos rojos. Aun así, pasé todo el día de mal humor, diciéndome que eso no se lo iba a perdonar a papá, palabras más, palabras menos, me había sacado a empujones de mi propia casa.

En la tarde, en casa de Vane, pensé que finalmente mi día tendría un poco de calma, pero no fue así. Más temprano en el colegio me había entregado una notita a escondidas, donde decía que tenía que decirme algo muy especial. Me rompí la cabeza tratando de imaginar de qué se trataba, pero nada me preparó para sus palabras.

—Mía, prométeme que no le vas a contar a nadie —empezó ella moviendo las manos nerviosamente a la vez que la veía sonrojarse.

—Llevas quince minutos dándole vueltas a ese asunto —contesté al borde de la impaciencia, volteando los ojos hacia arriba.

—Esta mañana..., me di mi primer beso... con Sebas —prosiguió ella tapándose la cara.

Continuó hablando, pero dejé de escuchar. No me interesaba enterarme con pelos y señales de que alguien había probado sus labios.

Nunca había experimentado lo que eran los celos, no me había dado cuenta, realmente, conscientemente, de que estaba enamorada de mi mejor amiga. Quería estar a su lado todo el tiempo, contaba las horas para verla así fuera al otro extremo del salón, atesoraba cada momento que pasábamos juntas, en su casa o en la mía, me gustaba cómo se vestía, su olor, hasta su manera de caminar. Cuando enumeré todas esas cosas me sentí estúpida, si eso no describía lo que era amar a alguien, entonces nada podía hacerlo.

—No pareces alegrarte por mí, te cuento semejante secreto y estás ahí como ida —me dijo a manera de reclamo mientras yo simplemente me levantaba y me iba sin decir nada.

Durante esos días todo se amplificaba para mí, reaccionaba de manera irascible ante cosas muy pequeñas o incluso llegaba al llanto y no sabía por qué. Pensé que no podía ser solo por lo de Vane, aunque me dolía, todavía estaba muy confundida para dejarme doblegar por eso. Papá y yo habíamos discutido toda la semana, a lo cual él propuso una tregua.

Esa noche de viernes habíamos planeado pasar un rato padre e hija como parte de ese acuerdo de paz, ver una película y compartir una *pizza*. Él llegó del trabajo con lo prometido, una caja de *pizza* tamaño extra grande y yo le negué hasta el saludo, como una manera de castigarlo. Me encerré en mi cuarto con un fuerte dolor de estómago, tal vez producto de mi enojo con papá, de la confidencia de Vane o del haber tomado conciencia de mis sentimientos hacia ella. Desperté en la mitad de la noche creyendo que había mojado la cama y fue cuando me di cuenta de que me había convertido en mujer. Sé que esa primera regla no borraba a la niña que en el fondo aún era, pero sí marcaba un hito en mi vida. Sin saber bien qué hacer, tuve que guardarme el orgullo, ir a golpear la puerta de papá, verlo despertar sobresaltado y decirle con vergüenza que me había llegado el periodo. Él abrió los ojos un poco aterrorizado, se tapó la boca con la mano derecha y después de unos segundos de meditación le consultó al doctor Google. Me dejó leyendo un artículo sobre el síndrome premenstrual mientras salía a bordo de su bicicleta en medio de la lluvia hasta una farmacia 24 horas. Regresó casi una hora después con pastillas para el dolor, un paquete de toallas higiénicas nocturnas que más parecían pañales para incontinencia y una caja de tampones que no sabía cómo usar.

Toda mi rabia, todo ese odio que podía sentir por las palabras de papá o por lo que él había hecho antes de esa noche, todo eso se diluyó con lo que hizo por mí. Me enterneció ese gesto y me desarmé ante los esfuerzos que estaba haciendo por comprender lo que me pasaba, entendí que, a pesar de las peleas constantes que teníamos, papá haría lo que fuera por mí. Comprendí que, aunque no era perfecto, le había tocado asumir el papel de mamá y papá al mismo tiempo, que Juanjo, la abue y yo no le dábamos tregua y que él no tenía tiempo para sí mismo, incluso me atreví a preguntarle por qué nunca había vuelto a salir con nadie después de mamá. Olvidé por completo todos esos resentimientos y me dejé llevar por la ternura que abrigaba mi padre. Nos sentamos en la sala antes del amanecer del sábado para ver una comedia romántica, comer *pizza* recalentada y beber lentamente una agüita de anís. Me sentí la chica más afortunada por tener a un papá que me protegía como a su más preciado tesoro.

17

"Existo como soy, eso es suficiente".

Walter Whitman

Si me preguntaran qué ciudad me gustaría conocer, contestaría sin dudarlo: Buenos Aires, una ciudad de arquitectura exquisita, llena de librerías, teatros y un tanto bohemia, como yo. Si un hada madrina pudiera cambiar algo de mi físico, le pediría que le diera orden a la maraña de mi cabello, que fuera como el de Vane y pudiera peinarlo tan solo con pasar los dedos. Y si por obra y gracia del destino pudiera borrar un día de mi vida, sería ayer. Viernes trece. Y luego no digan que soy supersticiosa, pero es que ayer fue el peor día de mi vida, casi equiparable con el día en que mamá decidió marcharse.

Sucedió a última hora de la jornada, en clase de orientación escolar con sor Abigail. Al ser nuestro último año en el colegio y a pesar de los meses que llevamos en cuarentena, la vida seguía y debíamos tratar de llevar una especie de "normalidad", proyectarnos para regresar a clases presenciales a partir de enero y empezar a pensar en qué queríamos hacer con nuestras vidas una vez termináramos el bachillerato. Sor Abigail nos propuso una actividad llamada "rosas y espinas", que consistía en mencionar nuestras espinas, es decir, todo lo que considerábamos malo en nuestra vida, algo que quisiéramos cambiar o dejar atrás, así como hablar de nuestras rosas, es decir, agradecimientos o cosas buenas que nos hubieran pasado.

La hermana empezó hablando de sus espinas, que eran básicamente las que nos afectaban a todos: el encierro, la incertidumbre, la tristeza por los que habían sido despedidos de sus empleos durante esos meses, el dolor por aquellos que habían perdido la batalla contra el virus. Luego mencionó sus rosas: poder compartir con nosotros, aunque fuera virtualmente, poder contagiarse de nuestra energía, orientarnos y, por qué no, también aprender de sus alumnos.

Uno a uno, mis compañeros fueron abriendo sus micrófonos y a medida que iban hablando mi indignación fue en aumento. No sabía si no entendían el ejercicio o si sus problemas eran tan banales porque simplemente viven desconectados de la realidad. Mi copa se rebosó cuando le correspondió el turno a Fabiana. Su espina era que habían sido unos meses difíciles porque había renunciado la empleada de su casa y debía tender su cama y hacerse el desayuno cada mañana antes de sentarse a clase. No me percaté de que en ese momento yo tenía el micrófono abierto y una risita burlona se me escapó, fuerte, clara y contundente.

—¿Tienes algún chiste para compartir con todos nosotros? —me preguntó sor Abigail, a sabiendas de que el motivo de mi risa no era que había recordado algo gracioso.

—Ya que lo pregunta, sí. Este ejercicio está muy divertido —contesté con ironía y al borde de mi malhumor—. ¿En serio, Fabiana? ¿Lo peor de tu cuarentena es tender la cama? ¿No será que tu empleada se cansó de tu inmadurez y prefirió renunciar a seguir viendo tu cara de vinagre todos los días? O tú, Ariadna, ¿no puedes vivir un día sin wifi? Te cuento que hay muchos niños que no han podido tomar una sola clase en estos más de ocho meses que llevamos en cuarentena, mientras tú asistes al colegio desde la comodidad de tu *penthouse*. Y ni qué decir de Manuel, que no puede ir a comprar ropa el fin de semana a Miami por la restricción de los vuelos. Me da risa que a Margo le entristece no poder ver a sus "amigas" en el colegio. Te tengo una noticia, Margo, ellas no son tus amigas, no hacen sino reírse a tus espaldas y para referirse a ti lo hacen como "mi amiga la gordita". Tu valor como ser humano no está en lo que marque la balanza o en lo que mida el contorno de tu cintura. Les voy a decir lo que son espinas. Espinas es que tu mamá te abandone a los nueve años y pases mucho tiempo odiándote, creyendo que es tu culpa; o que tu abuelita tenga Alzheimer, que no te reconozca, que no se acuerde de lo más esencial, que se vaya muriendo en vida y que su mente esté cada vez más lejos, apartándote del ser que más te importa en el mundo. Espinas es que pases años pensando que no amas a tu hermanito para luego darte cuenta de que eres la peor mierda del mundo y de que él es el ser más valioso sobre la Tierra. Espinas es que tu papá haya tenido que asumir el rol de héroe y lidiar con tres personas que, al parecer, no se pueden valer por sí solas, que ese papá trabaje todo el tiempo para darte lo mejor y que nunca hayas sido capaz de decirle que lo amas; o que te enamores de alguien que no te corresponde y que luego te rompa el corazón, o que la persona con quien tuviste tu primera vez te haya utilizado de la manera más vil. Todos ustedes me dan asco. Me cansé de todo, de sus ínfulas de ser las personas más piadosas, de esas que son divas de Instagram, de los que se creen más machitos por tener dos o tres novias al tiempo, de las que critican a todo el mundo y a toda hora, de todos los que nos miran por encima del hombro, de los profesores que se dan cuenta de todo esto y actúan como si no pasara nada. ¡Si por mi fuera le pondría un *off* a mi vida hoy mismo!

Después de vomitar todas esas palabras me desconecté. Tal vez sor Abigail debió silenciarme, a lo mejor no lo hizo porque quedó tan atónita como los demás o porque entendió que a veces es mejor dejar salir la rabia que escondernos detrás de nuestra aparente felicidad. El caso es que tenía tanta ira acumulada que me dejé llevar por ella y terminé disparando una serie de frases y palabras hirientes. No supe, sino hasta esta mañana, que alguien había grabado toda mi verborrea para después subir el video de mis desgracias a YouTube, Facebook, IGTV y a todas las redes sociales que pudo, con una variedad nada agradable de *hashtags* que iban desde #lamudaserebela pasando por #Mirandalaresentida hasta #locaencuarentena. Mi video se volvió viral en pocas horas, otra vez les había dado a mis verdugos con qué pisotearme.

18

"Dulce libertad susurró en mi oído,
eres una mariposa,
y las mariposas son libres de volar,
volar muy lejos".

Elton John

Esta historia, al menos la plasmada en papel, inició con un cumpleaños, pero hay una celebración de la cual no les he contado, mis quince años. Espero sepas perdonar mi omisión, fue intencional. No porque haya sido una fecha triste, todo lo contrario, me gusta dosificar los recuerdos lindos para recrearme en ellos cuando las cosas se tornan difíciles.

Después de que Vane y yo dejamos de hablarnos a causa del beso que nos dimos y de mi fallida declaración de amor, papá intentó preguntarme un par de veces por qué había dejado de ir a la casa de los Martínez si prácticamente desde que nos mudamos no salía de allí; también me cuestionó por la ausencia de Vane en mi vida. Empecé con evasivas y luego pidiéndole de frente que no me preguntara más. Cuando a papá se le mete algo en la cabeza, no hay poder humano que lo haga cambiar de idea, no se cansa de preguntar. Con el pasar de las semanas y al ver que el mes de julio se acercaba, comenzó a sondearme acerca de mi celebración de quince años y le dije con actitud decidida que no me interesaba hacer nada ese año, que para mí esa era una tradición sin ningún significado, que además debíamos ahorrar ese dinero para otras cosas más importantes. Días después, viendo que su hija mayor seguía sin hablar con su mejor amiga y que continuaba empecinada en no celebrar una fecha tan especial, lo escuché hablando por teléfono con Elena, sobre Vane y sobre mí. Me tragué la indignación mientras paraba oreja, rogando que Vanessa no le hubiera dicho nada a su mamá sobre lo que había pasado entre nosotras, en especial acerca del motivo por el cual nos habíamos distanciado.

—Saluda a la niña de mi parte —le dijo papá a Elena, refiriéndose a Vane—, espero que disfrute mucho su viaje anticipado de quince por Europa. ¿Miranda? No..., qué más quisiera yo que poder darle ese gusto, pero no me alcanza ni para los tiquetes. Esperaba poder hacerle algo acá en la casa, algo sencillo, partirle una torta con los amigos, las tías, pero no quiere, y ahora que me cuentas que Vane se va por un mes, mucho menos.

Ella se iba de viaje y yo no sabía nada. A lo mejor era una excusa para poner todo un mar de distancia entre las dos. Me alejé de detrás de la puerta, ya no quería escuchar más esa conversación, tampoco pensaba llorar más por ella. Pensé que a lo mejor cuando volviera de Europa podríamos hablar, cosa que tampoco ocurrió, porque lo único que pasó entonces fue una repartición de tarjetas de quince, una invitación rota y una examiga presentándose en su fiesta con el mismo vestido que ella. Y luego de eso, desaires, malas miradas, todo aquello que convierte lo que alguna vez fue la mejor amistad del mundo en algo parecido a un témpano de hielo.

El sábado en la mañana, el día que cumplí mis primeros quince años de vida, papá, la abue y Juanjo entraron a mi habitación, cada uno con un regalo en la mano, cada regalo de diferente tamaño. El más pequeño me lo entregó mi hermanito: un cuaderno con solapas azules y en cuya cubierta aparecía un fragmento de uno de mis libros favoritos: *Orgullo y prejuicio*. El regalo que traía la abue era un joyero suyo, dorado, de esos que les das cuerda, lo abres y aparece una bailarina girando en círculos con música melancólica. El interior estaba tapizado en terciopelo rojo.

—Mi niña, sé que no tienes joyas, que no te gustan, que tal vez nunca te llamen la atención, pero acá puedes guardar tus objetos más preciados. Lo que más atesoramos no está necesariamente hecho de oro o de plata —me dijo guiñándome un ojo.

Amaba esos momentos lúcidos de la abue y sabía que debía aprovecharlos al máximo, conservar en mi memoria cada una de sus palabras, de sus consejos. Me sequé una lágrima antes de que papá la viera y, entonces, él se aproximó a mí con el último de los regalos.

—Hija, no te voy a decir que hoy te conviertes en mujer porque hace mucho que lo eres. Igual, siempre serás mi pequeña. Sabes que no soy bueno con las palabras, pero te deseo el mejor de los cumples. La familia no se elige, aunque yo no podría tener una mejor, te quiero mucho —me dijo entregándome el paquete—. Sé que nunca le atino con los regalos, pero espero que este te guste, era de tu mamá.

Se me hizo un nudo en la garganta mientras abría el regalo. Era una chaqueta negra de cuero, con cremalleras, muy rockera, una con la que mamá salía en varias de las fotos que tenía papá en el álbum que ojeaba cada Navidad. Ese regalo me provocó un montón de sentimientos encontrados. Creí percibir el olor de su perfume, traté de imaginar lo que ella pensaba cuando usaba su chaqueta favorita, cómo se sentiría. A la vez, sentía que me quemaba, que lo único que quería era apartarla de mi vista para que su recuerdo no contaminara mi vida. La dejé sobre la cama y los abracé a los tres, en un momento tan íntimo y hermoso que no se repetiría en mucho tiempo.

A media mañana Gaby me escribió diciéndome que quería pasar a verme en la tarde. Si hay algo que me encante es pasar tiempo con el mejor amigo que alguien pueda tener, me fascina hablar con él, me llena de energía y me empodera cuando viene a casa. Después se apareció la tía Clarita y Sara, mi prima favorita; no las veía desde Navidad. Parecía un complot, una a una fueron llegando mis tías con regalos y flores, acompañadas de la mayoría de mis primos y primas. Luego apareció Gaby con una caja más grande que él. No tuve más remedio que subir a arreglarme en un dos por tres. Miré de nuevo la chaqueta, era hermosa, pero opté por colgarla en el clóset hasta que me sintiera preparada para usarla. De hecho, ya la había usado, diez años antes...

* * *

Recuerdo que era un domingo soleado de agosto. Íbamos papá, mamá y yo hacia el parque de diversiones Salitre Mágico, caminando por el área peatonal que colinda con el Jardín Botánico de Bogotá. Papá a mi izquierda y mamá a mi derecha. De tanto en tanto me agarraban las manos con fuerza y me elevaban por el aire. Nos detuvimos unos minutos en el acceso del costado sur mientras papá compraba los tiquetes. Mis recuerdos son confusos y cada vez que evoco ese momento mi mente le agrega o le quita detalles. Lo que sí recuerdo es haberme soltado de la mano de mamá y caminar hacia un vendedor de globos de colores neón que estaba ubicado cerca de la ciclo ruta paralela a la avenida 68. Un ciclista que venía a gran velocidad en sentido sur norte no logró esquivarme y me arrolló con su bicicleta. Caí al suelo, la bicicleta me cayó encima, luego el ciclista; después escuché el grito de mamá. Creo que me desmayé o tal vez solo cerré los ojos, pero cuando los abrí, papá me llevaba en brazos, con mamá a su lado, y tomábamos un taxi en dirección a la clínica Palermo. Después de una hora de espera y otra de exámenes, nos dimos cuenta de que no había sido nada grave, solo un susto. Salí de allí con una curita de Mickey Mouse sobre un raspón en la rodilla derecha y con la chaqueta de mamá puesta. Me llegaba hasta la mitad de las pantorrillas y las mangas tuvieron que ser enrolladas un par de veces para poder sacar mis manos. El tener puesta esa chaqueta me hizo sentir mejor, eso y un helado de limón que me compraron durante el trayecto de regreso a casa. Ese día descubrí que algunos objetos tienen poderes mágicos, como si fueran amuletos o, simplemente, paliativos contra el dolor y la tristeza.

* * *

Agradecí mentalmente a quien quiera que hubiera orquestado aquella emboscada de quince años. En el fondo sí quería verlos a todos, sentirme amada, abrazada por los seres a los que de verdad les importo, que se reunieran en mi honor, reírme y olvidarme de todo, aunque fuera por una noche.

A falta de serenata, papá desempolvó un LP de Lucho Barrios, un cantante peruano de la época de la abue, y en la tornamesa empezó a sonar una canción titulada "Mi niña bonita" . A mi viejita se le iluminaron los ojos y empezó a tararear la melodía. La música la hacía recordar, la memoria musical es algo que no se pierde o al menos eso dicen. Me abrazó cantando y bailamos así, aferradas la una a la otra como si nadie más existiera en el planeta, faltó poco para que ambas empezáramos a llorar.

Al soplar las quince velas de mi pastel de limón, cerré los ojos y pedí más deseos de los que se suelen pedir. Deseé que la enfermedad de la abue desapareciera como por arte de magia, que Vane me perdonara y que volviéramos a ser amigas, que papá supiera que también lo quería, aunque no fuera capaz de decírselo. Deseé ser una mejor hermana y que mamá estuviera bien, donde fuera, pero bien. Deseé que todo aquello que me agobiaba dejara de ser un peso sobre mi espalda, deseé que todos aquellos que se burlaban de mí me aceptaran como su par. No siempre los deseos se cumplen, bien lo dicen en física cuando hablan de la entropía negativa: en todo lugar, el universo tiene hoyos oscuros que pueden tragarse todo lo bueno de ti; aun así, debía intentarlo.

Esa noche, mientras papá lavaba la loza y yo ayudaba a la abue a acostarse, una melodía se instaló en mi cabeza. No sé si fue la música vieja que escuchamos casi toda la tarde, los regalos que me despertaron emociones que creía olvidadas o sentir a mi familia tan unida como no lo había estado en mucho tiempo. El caso es que me fui para mi habitación y las notas me persiguieron, insistentes y llenas de nostalgia. Me senté en la cama, cerré los ojos y empecé a tararear, con la desesperación de quien tiene una palabra en la punta de la lengua y no logra recordarla. La sinfonía de trastos viejos en la cocina cesó y fue reemplazada por el silencio. Sentí a papá antes de verlo, sentándose a mi lado con su vieja guitarra envuelta en un estuche negro y empolvado.

Me callé.

—Sigue, por favor. Esa melodía me trae buenos recuerdos —me dijo con una sonrisa de añoranza.

—Es que... no logro recordar la canción y eso me frustra —contesté mientras él afinaba las cuerdas y probaba un par de acordes.

—Tu mamá te la cantaba cuando eras pequeña. Es de los años setenta, la interpretó un cantante argentino llamado Sabú y se titula "Pequeña y frágil", pero ella le cambiaba un poco la letra porque decía que tú eras inmensa y fuerte.

Mientras papá hablaba con la mirada perdida en los recuerdos, busqué la letra, en un deseo de ponerle palabras a las notas sueltas en mi cabeza, a la vez que escarbaba en la caja de casetes hasta encontrar uno en cuyo lomo se leía "Inmensa y fuerte". Lo metí en la casetera y a medida que las frases de la pantalla de mi teléfono se iban mezclando con la voz de mamá, me di cuenta de que esa canción parecía escrita para ella, expresaba todo lo que no le pude decir durante los últimos años. Un recuerdo vago vino a mi mente, papá con la guitarra, igual que ahora, mamá cantando esa canción, hasta que, casi sin darme cuenta, empecé a cantar aquel tema tan triste como hermoso.

Saber dónde estás y cómo estás quisiera,
si te acordaras hoy de mí.
Fuiste el primer amor, mi vida entera,
ya nunca podré olvidarme de ti.
Debo hacerte una confesión sincera,
yo sigo esperándote como ayer.
Tan inmensa es... tan fuerte es...

Papá se unió a mí en el coro, las voces de los tres se fundieron como una sola y ese fue el mejor regalo de cumpleaños que pude recibir. Tuve esa sensación extraña, ese sentimiento que me llevaba a pensar en que mamá estaba ahí, sentada junto a mí, cantando y abrazándome. Me percaté de que papá no había vuelto a tocar su guitarra hasta ese día, que pudo mencionar a mamá sin desesperarse hasta las lágrimas, que el dolor de su partida se había ido transformando casi sin darnos cuenta gracias al bálsamo sanador que solo da el tiempo.

19

"Lo mejor de salir del armario es que nadie puede insultarte diciéndote algo que tú le acabas de decir".

Rachel Maddow

Papá me escuchó gritarle a la pantalla detrás de la cual estaban mis compañeros y sor Abigail. Al principio pensó que era parte de una clase y que simplemente estábamos hablando muy duro o discutiendo sobre algo, pero a medida que se acercaba se dio cuenta de cada una de mis frases, dolorosas, hirientes, acerca de lo miserable que yo consideraba mi vida. Se detuvo en la puerta, paralizado ante mi última frase: "Me cansé de todo, si por mí fuera le pondría un *off* a mi vida hoy mismo".

—Miranda, si a ti te pasa algo yo me muero —me dijo papá dejando caer unos papeles al piso mientras yo me levantaba del escritorio cerrando la pantalla del portátil de un solo golpe.

Trató de abrazarme, pero yo lo rechacé. Caminé por la habitación hiperventilando, sintiendo que me ahogaba y, sin detenerme a pensar en nada de lo que iba a decir, como si me hablara a mí misma, simplemente estallé:

—Nadie sabe lo que ha sido mi vida en el colegio los últimos años. He sido invisible, un fantasma, la que se sienta en un rincón y trata de mimetizarse con las paredes, no tengo amigas porque todas son unas falsas. Nadie se interesa en lo que me pasa, no sabes lo que es llevar toda esta carga a cuestas y no poder hablar con nadie. Todo el mundo lleva una vida "normal", pero yo no puedo, no puedo porque soy un pecado, papá, hasta Dios desprecia a alguien como yo. Con la virtualidad las cosas no han cambiado, tienes que hablar con veinte pares de ojos mirándote, juzgándote todo el tiempo y ya no puedo más —le dije rompiendo a llorar—. Desde el primer día ha sido una lucha, o desde antes, cuando Vane me dijo que no podíamos ser amigas en el colegio; o mucho antes, cuando mamá nos dejó. Algunos días me cuesta levantarme de la cama, cuando quiero a alguien, me rechaza; a mis compañeros mi sufrimiento les causa risa, siento que hay algo malo en mí, que soy un pecado y todos lo notan, por eso me tratan como me tratan.

—No hay nada malo en ti, no digas eso, no eres... —contestó papá guardando prudente distancia, como entendiendo que en ese momento necesitaba algo de espacio.

—Sí, sí lo soy, soy lo peor —lo interrumpí—. Todos estos años me ha tocado esconderme como si fuera una criminal, dentro de mí crece algo con lo que no sé cómo lidiar, algo que me hace ser despreciable para la gente del colegio, para el padre Felipe, para Vanessa y sus padres, para ti y tus amigos.

—Miranda, me asustas. No sé qué te pasa, pero acá está tu papá. No hay nada malo en ti, eres el ser más bondadoso que conozco. Mira, sé que todos cometemos errores, mentimos, envidiamos a otros, hacemos travesuras, pero eso no nos define como personas. Lo que nos define es arrepentirnos de lo que sea que hayamos cometido, rectificar y seguir adelante.

—¿Arrepentirme? ¿Rectificar? No puedo hacer nada de eso. No se trata de una travesura, no se trata de algo que hice o no hice. Se trata de la forma en la que me hace sentir todo el mundo, según la sociedad soy una perversión que camina.

—¡No eres ninguna perversión! Eres mi hija y te amo por encima de lo que creas que pasa. No hay nada malo en ti. Sea lo que sea, te apoyo sin importar a qué me tenga que enfrentar.

—¡Soy lesbiana, papá! —le dije con los ojos anegados en llanto—. ¡Hay algo malo en mí!

De repente me advertí muy cansada y me senté al borde de la cama. Los dos nos quedamos en silencio como si esa fuera la respuesta definitiva al enigma más grande del planeta. Yo ya no sabía qué decir y papá..., bueno, él de seguro estaba tratando de digerir lo que le acababa de revelar. No sé qué pasaba por su cabeza en ese momento ni cómo se sentía. Parecíamos congelados en el tiempo, dos seres que se aman y que se encuentran en un momento crucial de sus vidas. Caminó dos pasos hacia mí con el cuidado que se tiene al acercarse a un animal herido, se sentó con precaución a un lado y rompió ese silencio malsano.

—No me importa, es decir, sí me importa —trató de explicar papá mientras se pasaba las manos por la cabeza nerviosamente—: Lo que trato de decir es que no pasa nada si te gustan las chicas y que eres lo más especial que tengo en la vida. Me importas, Miranda, mucho, y no tienes por qué sentir que hay algo malo en ti, ni por lo que me acabas de contar ni por nada. Eres mi hija y nada va a cambiar, o sí, va a cambiar, pero para mejor, quiero que las cosas estén bien, que siempre puedas contarme lo que sea que te pase. Acá estaré para escucharte.

De la nada, papá también empezó a llorar y creo que nunca lo había visto así, ni siquiera cuando se fue mamá. Se sentó a mi lado y en ese momento permití que me abrazara, me abandoné a él, descargué en él todos mis malos pensamientos, mis agobios, me entregué a su infinito amor, dividí mis cargas con él y en ese instante creí que, como decía la abue, todo lo malo pasaría.

—Me siento orgulloso de ti —me dijo papá mientras descansaba en su regazo—. Eres una mujer fuerte, independiente, eres lo más hermoso del mundo y la persona... la chica que se fije en ti será afortunada. La verdad no sé mucho de mujeres y, bueno, tampoco de... del mundo gay, así que vamos a tener que aprender juntos.

Lo miré mientras nos reíamos y nos limpiábamos las lágrimas. Eso del "mundo gay" solo se le ocurría a él. Me dio un beso en la frente mientras me decía lo orgulloso que se sentía de mí. Papá me miró con una sonrisa dibujada en su rostro, se levantó con la promesa de preparar una receta secreta que nos haría sentir un poco mejor. No sé qué ocurrió en ese momento, pero todo el peso que llevaba en la espalda y en los hombros, todo ese miedo que me abrazaba hasta ese instante, desapareció. Me sentí la más liviana de todas las personas en este planeta.

Papá me dejó un momento para ir a la cocina a prepararme un tecito de hierbas, de esos que calman cualquier malestar. Entonces me percaté de las diez llamadas perdidas de Gaby y que justo me estaba marcando de nuevo en ese momento.

—¿En serio, Miranda? —preguntó con su tono de papá acusador—. ¿De verdad todo son espinas en tu vida? ¿No hay nada bueno, no hay rosas? Muchos darían lo que fuera por tener lo que tú tienes, tu familia, tus talentos, tu imaginación desbordada. Y de la gente que tanto desprecias en el colegio, tú también te alejaste. Eres incapaz de ver el amor, aunque lo tengas de frente. Tengo tanta rabia que...

—Gaby, lo siento, fue el calor del momento —interrumpí—, el escuchar lo que decían todos, el agobio que me causa este encierro. Tienes razón, tengo la mejor familia del mundo y el mejor amigo, y tal vez fui muy dura con mis compañeros. En serio, perdóname —le dije mientras me limpiaba la nariz.

—No siempre puedes ser el centro de atención ni el plato principal —continuó—. Deberías hacerle honor a tu apellido Romero, ser parte de algo, aromatizar, darle vida a las cosas en lugar de ver lo malo en todo. Deja de ser tan negativa.

Sus palabras sonaron como una bofetada, pero tenía razón. Todo en la vida es de parte y parte, te hacen cosas malas, tú permites que te las hagan, devuelves ojo por ojo, y así. Todo se va agrandando y llega un punto en que no sabes quién le hizo qué a quién o cuándo empezó todo. Luego Gaby me pidió perdón por algo que no se atrevió a confesarme. Me dijo que sin querer le había dado información mía a Lucrecia, información que después utilizó en su propio beneficio, sin importar a cuántos se llevara a su paso. Lo perdoné, sé que no lo hizo con mala intención ni con la idea de lastimarme, para nadie es un secreto el poder de persuasión que tienen algunas personas, mientras que otros no somos más que satélites que orbitan alrededor de ellas.

—Gaby..., le acabo de decir a papá que me gustan las chicas. No era mi intención, pero en medio del colapso que me dio se lo dije todo, salí del clóset con él.

—Marica, ¿en serio? —preguntó muerto de la risa, aunque era una risa nerviosa—. ¿Y cómo lo tomó? ¿Te echó de la casa?

—No seas bobo, para nada, reaccionó mucho mejor de lo que esperaba, se portó muy lindo. ¿Y sabes?, siento que las cosas pueden mejorar a partir de ahora. Oye, te dejo porque mi papá ya viene para acá —le dije susurrando mientras mis nervios hacían su aparición.

* * *

Esta mañana prendí el celular y entonces me di cuenta de mi video viral, así como de los comentarios que lo acompañaban. Me sentí como si alguien me hubiera estado vigilando y contara mis más oscuros secretos, esos que hasta el día anterior ocultaba de todos, incluso de papá. Algunos se creen con el derecho de hablar en tu nombre, de decir las cosas que ni tú misma te atreves, por miedo o por la razón que sea. Uno de esos comentarios, de una cuenta privada de Instagram, sin foto de perfil, sin seguidores ni seguidos, decía que yo no era más que una lesbiana histérica y resentida. Ese comentario tenía un sinfín de réplicas, de gente conocida y otra no tanto. "Sí, me lo imaginaba", "Eso explica muchas cosas", "Las que andan con Lucrecia se vuelven así". No entiendo por qué a la mayoría de la gente le hace tanto ruido la orientación sexual de una persona. Es como si tuviéramos que ir por ahí identificándonos con nuestro nombre y nuestra orientación. *Hola, soy Miranda y soy lesbiana.*

Al seguir leyendo me encontré con docenas de comentarios de personas que ni siquiera me conocen, gente que decidió opinar sobre lo que soy y lo que dije, jueces que se esconden detrás de una pantalla. Había descubierto la santa inquisición de las redes sociales. Para ellos, mi alma ya estaba en el infierno. Lo otro que me provocó un odio visceral fue ver los comentarios de la gente del curso, querían destruirme a como diera lugar. Tuve la tentación de responder, de desatar mi cólera convertida en frases aún más hirientes que las que había pronunciado durante el ejercicio de rosas y espinas, pero decidí no hacerlo. ¿De qué serviría? Si acaso para ponerme aún más en evidencia.

Lo que dije en el video palideció ante la revelación de que era lesbiana. Simplemente dejó de importar, y eso no me hacía sentir mejor. Fui lapidada, apedreada, expuesta. Una tristeza muy grande me invadió y sentí ganas de desaparecer. Todos los comentarios hablaban de Dios, de la Biblia, del pecado que personas como yo cometemos. Ellos, los moralistas, que son "gente de bien y buenos principios", habían salido a quemarme en la hoguera para que pagara por "mis pecados." No sé cómo estas personas podían hablar en nombre de un dios que se supone es todo amor. Quise responderles con la misma moneda, quise insultarlos y desafiarlos, pero nada ganaría con eso, solo les daría la razón. En lugar de eso me envolví entre una manta, con el llanto en mi rostro, tomé un bolígrafo y un cuaderno y le escribí una carta a un ser que no me ha visto, pero que tal vez todo lo puede:

Hola, Dios:

No sé si me escuchas o, bueno, si puedes leer lo que te escribo. Lo hago porque la hermana Abigail dice que eres puro amor y que siempre estás ahí para escucharnos. La verdad, me disculpo porque no he creído mucho en ti. No soy de rezar y tampoco te estoy invocando en todo momento. Prefiero llamar a papá, aunque con él a veces la comunicación sea nula. No sé si tú existas como dicen todas las personas que creen en ti; peor aún, no sé si yo exista para ti.

Casi toda mi vida me he sentido abandonada: primero fue mamá, después vi cómo perdía a mi abue, papá no ha estado cuando más lo he necesitado, Juanjo es muy pequeño para entender que hemos estado solos la mayor parte del tiempo. Luego está mi vida en el colegio, donde he sido un cero a la izquierda. Así que perdóname si te digo que tengo razones para creer que no has estado conmigo. En fin, esta carta te la escribo para preguntarte la razón por la que desprecias a personas como yo. Si eres todo amor, ¿por qué los que creen en ti me hacen sentir como una aberración? Los papás de Lucrecia le dijeron alguna vez que preferían que su hija fuera asesina o ladrona a que fuera bisexual. Ni ella ni Gaby, ni yo decidimos ser como somos, solo pasó. Así que no entiendo por qué todos los que creen en ti dicen que no hay cabida en este mundo para personas como nosotros, que somos malas personas y deberíamos odiarnos por ser así, que somos una abominación del demonio, que somos imperfectos. Ellos no aceptan a Gaby ni a ninguna persona LGTBIQ, les parecemos monstruos, pervertidos. Así que te escribo para preguntarte, ¿por qué si eres todo amor yo no me siento amada? ¿Acaso no tengo derecho a ser querida? Dicen que tú nos creaste a imagen y semejanza, que quieres lo mejor para nosotros, entonces, ¿por qué tanto odio de aquellos que creen en ti?

Esta es la primera vez, y tal vez la última, que te hable o te escriba. La hermana Abigail dice que eres la luz en nuestro camino y que no existe ningún ser viviente sobre la Tierra al que no cubras con tu amor y con tu luz. Pues bien, lamento ser yo quien te diga esto, pero creo que no he sentido ese amor y sigo en la total oscuridad. Siento decepcionarte al decirte que no es porque me gusten las chicas sino porque, según los que creen en ti, personas como yo no tenemos derecho a los abrazos ni al amor, ni al respeto, como si nuestras diferencias nos hicieran enfermos contagiosos, como si disparáramos el rayo homosexualizador para convertir a otros. Así que quiero que me respondas, porque según los que me rechazan tú creaste todo lo que existe en este mundo, y yo soy parte de tu creación, como lo es Gaby, Lucrecia y "el mundo gay", como dice papá.

Ahora bien, si me escuchas, solo si me escuchas, te quiero decir que tu Iglesia debería aceptar a todo el mundo y tener más gente como sor Abigail. Tal vez así, solo así, el mundo sería un lugar mejor.

Doblé la carta con cuidado y la guardé en el cofre dorado que me regaló la abue para mis quince años. Me senté a esperar alguna especie de epifanía, a que Dios se manifestara de alguna manera, en mi mente o haciendo aparecer mágicamente una respuesta a todas las incógnitas que se me revuelven en la mente como las olas de un mar embravecido. Me recosté en la cama y esperé.

Papá me dijo que me tomara el fin de semana para descansar, pero mi mente estaba lejos de encontrarse en calma. Abrí el cofre y la carta seguía ahí, tan solitaria como la había dejado. Me sentí estúpida, como si por un segundo hubiera creído que Dios podía convertirse en mensajero, hacer materializar una carta de respuesta y dejarla en lugar de la mía.

Después del almuerzo recibí una videollamada de la hermana Abigail. Quería saber cómo estaba, hablar de lo que había pasado, mirarme a los ojos y tal vez darme algo de aliento.

—Hermana Abigail, por favor perdóneme por dañar su ejercicio de rosas y espinas.

—No tengo nada que perdonarte —contestó ella con su voz bondadosa y su sonrisa de siempre—. Tal vez no fue el tono adecuado ni la manera, pero no faltaste a la verdad. A veces necesitamos exteriorizar algunas cosas, de lo contrario corremos el riesgo de envenenarnos.

—Ayer le dije a papá que soy diferente, que hay "algo malo en mí", que me gustan las chicas... —le confesé apartando la mirada del celular, esperando un sermón al estilo del Cura Maluco.

—Hija, si hay amor en ti no puede haber nada malo. Cuando tengas esas dudas, cuando no te quieras lo suficiente, cierra los ojos y piensa qué haría Jesús. Él te abrazaría, te diría que eres una personita que merece amor, que no hay absolutamente nada malo en ti.

—Hermana, ¿usted cree que debería salir del clóset? Es decir, ya todo el colegio lo sabe o al menos lo sospechan gracias a las infames redes, pero debería decirles a mis vecinos y al resto de mi familia que no soy lo que creían...

—No tienes que salir de ningún clóset, tú y solo tú decides qué contar de tu vida y a quién. Tenemos que normalizar eso de la gente que dice vivir en un clóset, dejar de tener miedo a lo que somos. Así nos hizo Dios, no debemos tener miedo de mostrarnos tal y como somos. Miranda, eres un alma de Dios, amas con pasión, eres honesta, a veces un poco dramática, pero todos lo somos en algún momento de nuestras vidas. Piensa que es peor los que viven en el clóset del odio, de la intolerancia, o que muestran una fachada de moralidad mientras en privado son otra cosa.

—Tengo que confesarle algo más. La verdad es que..., en realidad, no quiero ser monja —le digo, porque no quiero que me compare con esas personas que acaba de mencionar—. Además, ¿cómo puedo ser parte de una institución que no acepta lo que soy?

—Lo sé, lo supe casi desde el principio. Supongo que tu vocación se fue volando sobre las alas de una mariposa, pero me gustaba que fueras a mi oficina cada tanto, te he visto crecer, madurar, convertirte en una jovencita. Solo mira hacia atrás y observa el camino que has recorrido, perdona y perdónate. Te aseguro que todo empezará a mejorar. Recuerda que quien se perdona a sí mismo, perdona a los demás.

Conversamos un rato más y sus palabras me reconfortaron el alma, como un bálsamo mágico, de esos que alivian cualquier malestar. La hermana Abigail tiene ese don, el de hacerme sentir especial, el del amor incondicional.

20

"Lo ideal sería ser capaz de amar a una mujer o a un hombre, a cualquier ser humano, sin sentir miedo, inhibición u obligación".

Simone de Beauvoir

Unas nubes grises se acercan, parece que en cualquier momento va a empezar a llover. Minutos después se disipan y el cielo es azul de nuevo, incluso hace un poco de calor. No es de extrañar porque Bogotá es así, temperamental e impredecible, en eso nos parecemos. Después de una oscuridad que eclipsaba el cielo, ahora el sol brilla en lo alto. Así pasa con la vida, cuando más oscurece es señal inequívoca de que va a amanecer. A lo mejor es como dice la hermana Abigail y todo está asociado al perdón, a esa paz interna que atrae cosas buenas. Hace una semana, mientras daba vueltas en mi cama cerca de la una de la mañana, prendí el celular y leí un par de artículos al azar, a ver si venía Morfeo y me hacía suya. Recibí entonces un mensaje por WhatsApp.

—Hola —me dijo simplemente Vanessa, y tuve que mirar dos veces para constatar que de verdad era ella.

—Hola —contesté después de vacilar un poco, esperé casi dos minutos. Aún no tenía claro el motivo de su saludo, o si estaba escondiendo algo más.

—¿Insomnio?

—Sí.

—También yo. Ya no recuerdo la última vez que dormí bien —confesó ella.

—Yo tampoco, a veces me siento como una viejita a la que le pesa mucho la vida y por eso no puede dormir.

—Pensé que me tenías bloqueada —me dijo Vane mientras me enviaba un emoticón con cara risueña.

La verdad sí lo había pensado, pero en el fondo, muy en el fondo, siempre conservé la esperanza de que volviéramos a hablar. Sin embargo no se lo dije esa noche. Me preguntó por papá, por Juanjo, diciéndome que ya debía estar grandote, y entonces caí en cuenta de que llevábamos muchísimo tiempo sin hablarnos. Quise saber de sus papás y ella me contó lo que ya sabía, que las cosas están difíciles en su casa, que ellos pelean todo el tiempo, que Elena es cada vez más controladora e intransigente y que su papá empezó a beber un par de meses atrás porque se siente un inútil al no poder trabajar. Era diferente escucharlo de ella, de manera consciente, a haberlo oído sin querer cuando dejó abierto su micrófono. Sin darnos cuenta había pasado casi una hora y la tensión de las primeras frases dio paso a una conversación tranquila, fluida, incluso madura.

—Hace poco cambié de celular y mira lo que me apareció cuando se sincronizaron mis fotos viejas —me dijo mientras en mi pantalla aparecía lentamente una foto de las dos, como de unos trece años y con la cara embadurnada de salsa boloñesa.

La nostalgia me invadió al ver esa imagen y las otras que luego la acompañaron, recuerdos de una época en la que nos sentíamos casi invencibles, tan libres, tan felices, que tal vez no supimos o no pudimos valorarlo, darle la importancia que merecía, protegerlo como el tesoro más valioso.

—No caí en cuenta de cuánto te extrañaba hasta hace unos meses, cuando empezó la pandemia y me vi enfrentada, casi a la fuerza, a examinarme a mí misma, a mirar bien adentro, a enfrentarme a cosas que siempre preferí evitar —me confesó en un audio en el cual escuché su voz quebrarse.

La sentí sincera y aun a riesgo de exponer de nuevo mi corazón le dije que también la extrañaba y que durante todo ese tiempo había tenido la tentación de escribirle más de una vez, que no lo había hecho por miedo o por orgullo. También le dije que la había llamado, pero no había tenido la valentía de hablarle y había colgado. Le pregunté por Sebas y me dijo que eso era un asunto olvidado, enterrado y sepultado.

Por otra parte, Lucrecia se había retirado del colegio, o tal vez sus papás lo habían decidido meses atrás para que terminara el bachillerato en otro lado, pero ella era una página que ya había pasado en el libro de mi vida.

Vane me dejó leer entre líneas que ese beso sí había sido importante, pero que se negaba a aceptarlo porque se trataba de mí y lo sintió como una traición a nuestra amistad. Hay dos palabras que siempre he odiado, *lo siento*. No me gusta decirlas y menos tener que escucharlas, porque significan que puedes borrar automáticamente lo malo que hiciste o que te hicieron, y no debería ser tan fácil. Sin embargo, esa noche no hubo necesidad de pronunciar esas dos palabras. Ambas nos dejamos llevar por un sentimiento que atribuimos a la cuarentena y a su efecto reflexivo. La sentí, y me sentí, más transparente que nunca. Hablamos o más bien nos escribimos hasta que nos venció el sueño, y lo hemos hecho a diario desde entonces, incluso cuando estamos en clase. Es como si tratáramos de recuperar el tiempo perdido y de borrar los malos momentos, los odios, las palabras que hieren, los silencios que matan. Besé su arrepentimiento y ella el mío, navegamos por todo aquello que no nos habíamos dicho, no como pareja, sino como las amigas que habíamos dejado en pausa.

—Siempre te envidié, a ti y a tu forma de vida —me confiesa—: la libertad que tenías en tu casa, el tener un papá que no te asfixiaba, una abuelita amorosa, tu hermanito, tu personalidad reflejada en la alegría de tu cuarto...

—Y yo la tuya —le digo—. Esa estructura que te daban tus papás, la exigencia que te hacía mejor persona y el que siempre estuvieran pendientes de ti. Y la comida, siempre la comida.

Nos reímos ante esa ironía. Eso solo demostró que como seres humanos somos inconformes, que codiciamos lo que creemos no tener o que las cosas cambian según la perspectiva que tengamos.

Papá me nota más feliz y eso lo tranquiliza, lo veo en su rostro cuando pasa a verme en las mañanas antes de sentarse a trabajar. Tengo miedo, en pocos días empezarán las clases híbridas y él ha dado su autorización para que asista de manera presencial al colegio, eso sí, con mi consentimiento. No sé qué esperar, no sé si todo volverá a ser igual después de casi un año de clases virtuales, de encierro, no sé qué me depara esta nueva "normalidad", tampoco sé cómo se comportará Vane en el colegio. Por normas de bioseguridad todos debemos estar físicamente alejados y supongo que para mí eso se sentirá como siempre, pero no sé si la actitud de mis compañeros será diferente, al igual que la mía, si todo por lo que hemos pasado como planeta, como comunidad, nos habrá movido las fibras o si, por el contrario, retomaremos la vida justo donde la dejamos.

Se dice que nadie sabe lo que tiene hasta que lo pierde. Creo que eso aplica para todos los habitantes del planeta. Teníamos una "libertad" para hablarnos mirándonos a los ojos, para abrazarnos cuando quisiéramos, para movernos sin restricciones, para untarnos las manos de otras cosas que no fueran ese gel pegajoso que busca nuestra asepsia, podíamos respirar sin restricciones.

Nunca pensé que fuera a alegrarme por ver a las personas que, de una u otra manera, me habían hecho tanto daño. No lo digo para victimizarme, sino porque a pesar de los problemas entre nosotras, sentí alivio de verlas de nuevo. Prefería sus malas miradas, sus desplantes, sus comentarios desobligantes a estar encerrada y aislada en mi casa. Acepté la maldita "nueva normalidad", lo que sea que eso signifique. Estar sentada sola, a un metro de la siguiente persona y con clases híbridas, no me importó. Sentía que necesitaba un respiro y salir de mi casa, tomar aire, ver a otras personas, vivir mis dramas y tratar de recuperar mi vida.

Las caras cubiertas por los tapabocas parecían una señal más para no poder expresarnos, para no poder decir lo que sentíamos. Nuestras voces sonaban apagadas, ahogadas y casi olvidadas. En un taller con la psicóloga y con nuestra directora de curso salieron ciertos sentimientos a flote, porque quien esté leyendo esto entenderá que esta pandemia no ha sido nada fácil, tuvimos miedo, ansiedades, incertidumbre, tedio. Como siempre pasa en estos casos, algunos hablamos de lo positivo que nos dejaba esta experiencia, mientras que otros, como Fabiana, llenaban el salón de críticas. Ella se quejaba de todos los profesores, en especial del profe de Física. Yo me mordía la lengua para no contestarle, traté de contenerme, pero no pude. Me parecía injusto todo lo que ella estaba diciendo sobre ese señor. Fabiana, más que nadie, siempre estaba ausente en esa clase. Se justificaba con todas las excusas posibles cuando el profesor le preguntaba algo: "No me funciona el micrófono", "Se fue la luz en la casa", "Se me dañó el computador". Así que mientras ella buscaba que el grupo la respaldara, comencé mi cruzada personal en aras de la verdad.

—Perdón, pero para un profesor es muy difícil darles la oportunidad a sus estudiantes cuando hay tantas mentiras juntas —dije mientras Fabiana me miraba con ganas de "asesinarme".

Sabía que ella estaba haciendo una mueca de desagrado con su boca, así no la pudiera ver, sus ojos lo decían todo. Solo necesité mirarla de manera desafiante para leer sus pensamientos. Un silencio sepulcral nos envolvió mientras todos esperaban el estallido de Fabiana.

—A usted nadie le está preguntando, ¡cállese! Necesitamos gente que aporte a la sociedad, no mentiras lésbicas.

Tal vez antes de la pandemia me hubiese levantado a tratar de golpearla por lo que acababa de decirme y así hacer justicia por mano propia, pero si algo aprendí en todo este encierro es a ser más inteligente, menos explosiva. Me bajé el tapabocas y sonreí, sonreí desafiándola, mostrándole que le había perdido el miedo.

—¿No será que la que no ha podido salir del clóset de las mentiras eres tú, mi querida Fabiana? —preguntó Gaby saliendo en mi defensa.

Las cosas no se quedaron así. Muchas personas que ya estaban cansadas de los maltratos de mi "enemiga favorita" y de sus actitudes no solo le reprochaban el injusto ataque al profesor sino la forma en que me había mandado callar. Al parecer la pandemia había reorganizado el mapa de "jerarquías" en el salón y yo… yo había dejado de ser invisible. Lo que más me sorprendía era mi forma de reaccionar, me estaba volviendo inmune a los malos comentarios, descubrí que me había convertido en otra Miranda, menos sumisa, menos reactiva. Pero lo que más me daba felicidad es que el mundo a mi alrededor, ese pequeño mundo en el que yo giraba como una estrella fugaz, se convertía paso a paso en un mundo casi utópico, un lugar en el que yo me podía sentir aceptada y donde no tenía que ocultarme dentro de ningún clóset.

Estudiar en un colegio católico me ponía en otra perspectiva. Siempre nos han enviado oraciones para que recemos por la paz mundial, la salud de alguien, la paciencia o cualquier cosa que se convierta en una tribulación. Yo siempre he tenido mis reservas en cuanto a Dios se refiere, no porque no crea en Él, sino por la interpretación que tienen sus seguidores. La Santísima Trinidad parecía cambiar de nombre, la ciencia comenzó a imponer sus pasos de gigante; veíamos como Pfizer, Moderna y Oxford parecían escuchar nuestras plegarias; sus vacunas se convirtieron en las primeras en llegar, en convertirse en la luz al final del túnel, la esperanza de salir de este abismo en el que pobres y ricos, heteros y gays nos encontrábamos aparecía en forma de un líquido transparente e inyectable. A nadie le importó si eso tenía efectos secundarios, solo pensamos en quitarnos esos trapos de la boca, en abrazarnos, en volver a los conciertos, en viajar, en besarnos sin miedo a un contagio que no sea el del amor. No sé si las plegarias funcionaron, si la ciencia es más que la religión, ese debate se lo dejo a ustedes; solo sé que es hermoso volver a ver las sonrisas de las personas en la calle y que me da mucha alegría poder abrazar a Gaby.

21

"Nos pasamos años sin vivir en absoluto, y de pronto toda nuestra vida se concentra en un solo instante".

Oscar Wilde

Llegó el momento de una nueva convivencia, la última que tendremos en el colegio, no puedo evitar sentir un poco de nostalgia. Recuerdo ese mismo recorrido un par de meses después de iniciar décimo grado y acá estamos de nuevo, en un bus hacia Villa de Leyva y a pocas semanas de terminar las clases, de graduarnos, de iniciar una nueva etapa en nuestras vidas. Esta vez todo es diferente, Vane está sentada a mi lado y vamos a compartir la habitación. Se ha alejado bastante de las que hasta el año pasado habían sido sus mejores amigas, en especial de Fabiana. Es increíble, las FAV ya no existen más. Ya no tenemos que distanciarnos dos metros o uno, ya no tenemos que usar ese maldito tapabocas que, para mí, fue el símbolo de una represión que buscaba callarnos. Tampoco nos

197

apuntan a la cabeza con un termómetro infrarrojo como si fuéramos una amenaza para la humanidad, toser ya no es un delito. Podemos abrazarnos, besarnos, romper con las distancias impuestas, los miedos vuelven a ser los mismos aunque las esperanzas cambian.

En el puesto de atrás va Margo junto a Gaby, quien no hace más que robarnos las galletas que estamos comiendo a escondidas de sor Abigail; después de todo, hay cosas que nunca cambian. Ella va en primera fila y finge no darse cuenta de la algarabía que hay a sus espaldas.

Hace pocos días me corté el cabello de nuevo, casi como un niño, pero esta vez de forma consciente y más por un tema práctico, no como lo había hecho de manera desastrosa a mis diez años. Siento que me veo hermosa, mi rostro se ve más definido y el corte resalta mis ojos. Por primera vez me siento segura de lo que soy. Amo salir de la ducha, sacudir mi cabeza y estar lista en pocos minutos para enfrentarme a lo que el día me depare. Me animé a cambiar mis gafas viejas por unas con marco color vino tinto y un poco alargadas en la parte superior, de esas que le dan un aire *vintage* al *look*. También me puse la chaqueta de mamá y cuando me miré en el espejo creí ver un poco de ella en mi aspecto. Hago ese gesto rockero con mis dedos en ambas manos, ese en el que el meñique y el índice quedan en pie mientras que los demás se doblan hacia abajo. Para los que no conocen, esa es una señal diabólica; para los que han leído y están enterados, significa respeto hacia el otro, "te amo". Lo hago porque en varias fotos mamá lo hace, pienso que, si ella me habla de esa manera, no puede ser nada malo. Al bajarme del bus me encuentro con Ariadna y, elevando el mentón, me preparo sin temor para lo que sea que tenga que decirme.

—Te ves muy bien, te sienta mucho el pelo así y esa chaqueta está genial.

Apenas si puedo creerlo. Ella era la que más insistía en llamarme Harry Potter, pero decido pensar que es sincera, dejar de creer que cada cosa que dicen los demás es por lástima o con ironía. Le contesto con un gracias y halago su blusa de flores. Es tal vez la primera vez que no la veo vestida con ropa deportiva. Vane me contó que Ariadna decidió rechazar una beca deportiva en los Estados Unidos y que a sus papás casi les da un infarto. Tampoco lo puedo creer, pero en el fondo la entiendo; algunos padres vuelcan en sus hijos todas sus frustraciones y aspiraciones, y pretenden llenar cada espacio de ocio con algún instrumento, deporte o idioma nuevo. Ariadna simplemente llegó a un límite después de años de entrenamiento los fines de semana y de dietas especiales.

Vane y yo nos instalamos en la habitación y aunque daría lo que fuera para que Gaby también se quede con nosotras, las reglas son claras: las chicas debemos estar en un ala separada de los chicos. En el bus escuché a Fabiana hablando con Manu y Sebas, y sentí ganas de golpearla, hay cosas que nunca cambian.

—¿A ustedes no les da miedo quedarse con Gaby? —preguntó ella con fingida preocupación—. Yo a él lo quiero mucho, pero no nos digamos mentiras, siempre ha sido "rarito", ¿qué tal intente hacerles algo por la noche?

Para la gente obtusa como ella, ser homosexual te convierte en un violador, de ahí los chistes estúpidos y los comentarios arcaicos. Afortunadamente Manu y Sebas no le hacen caso, Gaby siempre ha sido uno más de ellos, sin límites, sin condiciones. Por algo en esta ocasión es Fabiana la que va sola en su silla y la que no compartirá habitación con alguien. De alguna manera, todos consideran que ella es una persona tóxica, incapaz de sentir empatía. Por eso han dejado de hablarle. Ella en su soberbia se sigue creyendo mejor que todos nosotros.

Después de la cena nos reúnen en uno de los jardines centrales junto al comedor, es la hora de la fogata, donde se supone que vamos a quemar todo aquello que queremos dejar atrás, y de una nueva actividad de "rosas y espinas", esta vez de manera presencial. No puedo evitar sentir escalofríos al recordar ese mismo ejercicio el semestre pasado al iniciar el año escolar. La hermana Abigail, como adivinando mis temores, se sienta a mi lado derecho en una butaquita y me toma la mano. Tal vez trata de evitar que termine explotando contra todo el mundo. Ya no está en edad como para sentarse en posición flor de loto sobre el pasto. Luce una bufanda con todos los colores del arcoíris, en contraste con su vestido y capa negras de monjita. El bocón de Manu no puede evitar hacer un comentario sobre esa prenda, exponer lo evidente es algo que lo supera, y le dice que parece una bandera. Ella le contesta que sí, que tal vez un poco de diversidad no le vendría mal al mundo. A mi lado izquierdo está Vane y un poco más allá, Gaby.

—Primero quiero hablar de mis rosas —comienza Vane jugando con el pasto frente a ella—. Hace poco recuperé a mi mejor amiga, le pedí perdón por todo lo malo que le hice, ella hizo lo mismo. La tengo sentada justo a mi lado. La mayoría de ustedes ni siquiera sabían que lo éramos, yo por cobarde o estúpida siempre la negué. —Me mira a los ojos, me toma de la mano, yo le sonrío. Este momento vale oro—. Otra de mis rosas es que en un par de meses me voy a vivir a Nueva York con mi hermana, necesito pasar tiempo con ella, pensar en mis errores, tomar distancia de lo que ha sido mi vida hasta este momento, de esta ciudad, de mi casa, de mis papás, incluso de las que consideraba "mis amigas". Lo siento, pero en ocasiones todo me asfixia, quiero descubrir quién soy realmente y para eso debo irme, no sé por cuánto tiempo. Mi mayor espina... Mis padres se están separando y hay noches en las que lloro porque creo que ya no tengo familia, en las que me siento como una rata que abandona el barco cuando se está hundiendo.

Su voz se quiebra y yo aprieto su mano en señal de fortaleza, en un intento de decirle que no está sola y que nunca lo estará. Mi enamoramiento hacia ella se ha convertido en un amor de hermana, algo mucho más fuerte y profundo. No puedo desconocer que los Martínez han sido parte importante de mi vida y en su compañía pasé algunos de los mejores días de mi adolescencia.

Uno por uno mis compañeros van hablando de sus rosas y sus espinas. Desde la última vez que hicimos ese ejercicio, la percepción de muchos sobre sus propias vidas ha cambiado sustancialmente. No sé si es madurez, pero varios han…, o más bien hemos dejado de quejarnos tanto, las espinas son más profundas y no simples inconvenientes superficiales, mientras las rosas se convierten en oportunidades para agradecer y perdonar. Bendita pandemia, bendita cuarentena que nos alejó lo suficiente para que comprendiéramos lo que realmente es importante.

—Ustedes saben que nunca he sido muy buena con las palabras —inicio cuando llega mi turno—. Yo prefiero escribir o comunicarme por medio de canciones, pero la ocasión lo amerita, así que he decidido abrirles mi corazón. La última vez mencioné solo mis espinas, así que hoy voy a hablarles únicamente de mis rosas. Papá es una de ellas, agradezco su vida, su trabajo y su esfuerzo; él es el motor que me impulsa, su forma de ser en cierto modo me hizo más fuerte porque me enseñó a hacer muchas cosas por mi cuenta. Doy gracias por la abue, por todas sus enseñanzas, por los consejos que me dejó y que serán siempre mi mayor tesoro. Aunque ella se ha ido marchitando como lo hace una flor, logró dejar toda su sabiduría en mí. También doy gracias por las personas que la han cuidado cuando nosotros ya no supimos cómo hacerlo. Bendigo a mi hermanito, porque me ha enseñado lo que es el amor desinteresado, ese que nunca muere, aunque lo pongas a prueba una y mil veces. Quiero junto a esta fogata perdonar a mamá... Y dar gracias por estos tres seres maravillosos que tengo a mi lado, Gaby, Vane y sor Abigail, son los mejores amigos que uno puede tener. Tal vez mi única espina es no haberme abierto antes y permitir que el miedo a ser rechazada gobernara mi vida. Doy gracias por ser la persona que soy, por haber vivido lo que hasta el momento he vivido. Sor Abigail me hizo pensar en lo que haría Jesús si estuviera aquí y le confesara que me gustan las chicas, que soy lesbiana. Entonces leí la Biblia y encontré que si Jesús estuviera me habría abrazado, me habría dicho que soy lo mejor, me habría ofrecido su hombro para que llorara. De seguro me hablaría del amor y de su pureza, y me diría que el amor todo lo puede y todo lo perdona, que el amor me hace mejor persona. Yo tengo todo eso y más, papá sabe quién soy, sor Abigail conoce mis penas, Vane tuvo que vivir mi lado oscuro, creo que ustedes también, y aunque no soy la más creyente, si hay un Dios, él también caminará a mi lado.

Vane me pide que cante mientras mis compañeros se van acercando a la fogata a quemar las hojas donde está consignado todo aquello que quieren dejar atrás. Gaby me acompaña con la guitarra y en este instante me siento el centro del universo, me siento respetada por quien soy, me siento abrazada.

Todos compartimos nuestras rosas y lloramos por la alegría de tener lo que tenemos. Hemos superado una pandemia, una cuarentena que creíamos infinita, sobrevivimos al pasar 24/7 con nuestras familias, logramos sobrellevar las clases virtuales por Teams, sentir el mal aliento con los tapabocas, vencimos los saludos con el codo y las reuniones por el odioso Zoom. Demostramos que no somos una generación de algodón sino de titanio. El llanto se convierte en risas, en anécdotas, en historias.

Cuando voy hacia la habitación camino mucho más liviana, casi como si flotara, y al pasar frente a aquella donde está Fabiana me percato de que está llorando. Me acerco a la puerta y desde allí le pregunto qué le pasa, si puedo ayudarla en algo.

—¿Ayudarme tú a mí? —pregunta casi a los gritos y con el rostro desfigurado por la rabia—. No creas que me convenciste con tu discurso barato, puede que a los demás sí, pero no a mí. Me robaste a mi mejor amiga, aunque no estoy llorando por eso. A ti no te importa y si le cuentas esto a alguien te vas a arrepentir. ¡Vete a la mierda, lesbiana aberrada!

Levanto las manos en señal de retirada, como queriendo decir que me rindo con ella, que no vale la pena el desgaste. Noto dos cosas: la primera, que sus desplantes ya no me afectan ni deciden el tipo de persona que soy y la segunda, que hasta las personas que creen tener una vida perfecta también sufren, lo malo es cuando prefieren hacerlo a escondidas.

Me refugio en la tranquilidad de mi habitación y mientras Vane toma un baño decido que ha llegado el momento de leer a solas las cartas que traje de casa. Juanjo hizo un dibujo de nuestra familia, me ha retratado más alta que a los demás y, por primera vez, me pinta con una cara sonriente y un sol naranja brillando sobre mi cabeza. Él está en el centro, papá al lado opuesto y, junto a él, Lucía, más pequeñita que yo, aunque en la vida real sea más alta. Mi lado egoísta se regocija un poco con esa representación. La abue está en una esquina dentro de una casita de techo rojo y a mamá la dibuja como una bolita azul, casi como una nube.

De mamá no volví a saber nada. Papá quiso contarme hace poco la verdad de todo lo que pasó, incluso intentar mover un par de hilos, hacer unas llamadas para tratar de contactar a mamá, pero por ahora prefiero dejar las cosas así, no es el momento de abrir nuevas heridas ni añadirle otro capítulo doloroso a mi vida. Tal vez algún día quiera escucharla, aún no me siento preparada.

Entonces, abro la carta de papá:

Hoy escribo solamente para ti, ya que eres mi ilusión y haces mejor mi mundo. Al pasar el tiempo te veo convertirte en mujer, pero siempre serás mi pequeña niña, al igual que cuando te vi y abracé por primera vez. Hago y haré lo que sea por tu bien y para ayudarte a cumplir las metas que te has propuesto. Quiero que sepas que puedes contar conmigo como tu mejor amigo, ya que me siento orgulloso de tener una hija como tú, con tantos valores. Sé que llegarás muy alto y yo seré tu guía hasta donde tú me lo permitas.

Me gustaría saber más de tus sentimientos. Espero que me escribas, al igual que yo lo hago ahora, como un amigo. Yo también necesito saber qué esperas de mí, qué es lo que más te gusta de mi manera de ser, en qué te gustaría que yo cambiara. Pero como lo más importante es el amor a las personas, dime, ¿me quieres? Si no, entonces calla, yo entenderé la etapa de la adolescencia por la que pasas, siempre te miraré con mucho amor y le seguiré dando gracias a Dios por tener un hogar unido y del cual tú eres el ejemplo.

Te quiere, tu papi.

22

"AMARSE A SÍ MISMO ES EL COMIENZO DE UNA AVENTURA QUE DURA TODA LA VIDA".

Oscar Wilde

Los últimos días en el colegio se escurren como la arena de un reloj. Es curioso, cuando somos niños lo que más anhelamos es crecer y al aproximarnos al momento de abandonar la comodidad del colegio nos sentimos un poco perdidos, con ganas de retroceder el tiempo, de tener licencia para las locuras, ser irresponsables y hacer más amigos.

Vane viajará en pocos días a Nueva York, pero prometimos hablarnos a diario. También me hizo prometerle visitar a Elena de vez en cuando. "Ella siempre te quiso como una hija más, y ahora se queda sola. Papá se fue de la casa hace meses, ahora yo...". Elena pasa bastante tiempo con papá y Lucía, como los tres mosqueteros que eran en la universidad; yo de Vane no me preocuparía tanto, uno siempre encuentra la manera de sobreponerse a la soledad y a la tristeza, y los verdaderos amigos siempre están ahí, por más que dejen de hablarse o de verse.

Observo las fotografías del anuario, esas donde estamos con una fotografía de bebés junto a otra que refleja en lo que nos hemos convertido. Cada uno ha escrito unas palabras debajo, las mías dicen así:

En mí quedan vacíos, personas que no amé suficiente y manos suspendidas en un gesto eterno de amistad. Dios, si estás allá arriba, en algún lugar, y notas que toco a tu puerta es porque tal vez he perdido el camino y necesito de tu guía, del consejo convertido en las palabras de papá.

Gracias a los que me hirieron porque me hicieron más fuerte. Gracias a los que me amaron porque supieron ver lo bueno en mí cuando yo misma era incapaz de verlo.

Hasta hace unos meses pensé que casi nadie firmaría mi anuario y ahora resulta que incluso Ariadna lo firmó, y Manu y otras personas del salón, personas con las que tal vez no nos dimos la oportunidad de conocernos realmente. La camisa blanca de mi uniforme también está llena de firmas, mensajes y corazones; uno de los más especiales es de sor Abigail. Hace un par de días le confesé que le había escrito una carta a Dios y que Él nunca me había respondido.

—Para ser tan inteligente, eres muy tonta a veces —me dijo con cariño y riendo—. ¿Acaso no volviste a ser amiga de Vane? ¿No tuviste la mejor convivencia de todas? ¿No recibiste una carta de tu papá? Si todo eso no son respuestas o señales, no sé qué lo sea. Vuelve a leer esa carta que le escribiste a Dios y piensa si con lo que te acabo de mencionar no has obtenido las respuestas que buscabas. A propósito, ¿ya leíste el mensaje que te escribí en la camisa del uniforme?

Sonreí, lo había hecho. En él plasmaba el significado de mi nombre, ese que nunca me atreví a buscar, a pesar de que ella me lo había pedido, por miedo a lo que pudiera decir. Miedo, una palabra que ya no gobernaría mi vida.

"Miranda: digna de ser admirada, aquella que es maravillosa y se debe apreciar. Nunca lo olvides, sor Abigail". Es como un mantra que procuro repetirme a diario.

Es la última izada de bandera y todos los ojos están puestos en una chica que avanza un poco vacilante por una alfombra roja hacia la tarima. Cada año un alumno o alumna de undécimo grado dice unas palabras delante de todo el bachillerato antes de la ceremonia simbólica de entrega de las llaves del colegio de los de último año a los de décimo grado. Ella se tropieza con el primer escalón, la mano que sostiene el papel con su discurso tiembla un poco, jamás imaginó que este honor le correspondería a ella, justo a ella entre tantas posibilidades y a pesar de las dificultades que enfrentó. Parece repetirse la escena del Festival de la Canción Mensaje de hace un par de años. Se enfrenta al micrófono y este emite un pitido ensordecedor, tal vez por el *feedback* del parlante que se encuentra al costado del escenario. Por un instante los rostros en las graderías parecen borrosos, baja la mirada, suspira, pasa saliva, levanta de nuevo la mirada hacia el papel y empieza a leer.

Si pensaste que la del discurso era yo, creo que has visto muchas películas de Netflix. En todo caso, a pesar de no estar parada ahí arriba, me doy cuenta de cuánto he crecido y he cambiado. Cambios..., tal vez la palabra que más he utilizado a lo largo de esta historia, aunque los cambios no siempre son tan malos como parecen.

Me llamo Miranda Romero, dentro de poco cumpliré diecisiete años y te contaré algo que pocos saben sobre mí: aún me falta mucho, pero creo que voy por buen camino para encontrar mi voz; al menos durante estos años descubrí que tenía una.

AGRADECIMIENTOS

Detrás de un libro siempre están aquellos que lo inspiraron, los que con alguna palabra encendieron la hoguera de la que se alimenta una historia. *Descubriendo a Miranda* es el fruto de toda la magia del universo, esa energía invisible que conspiró para llevarnos al Hay Festival Arequipa 2019, allí donde nos uniríamos al Moquegua Team, ese grupo de amigos capaz de elevarnos a la máxima exigencia intelectual. La misma fuerza que nos confinó durante casi un año, esos largos meses en los cuales nos sentamos a esculpir este libro sobre un archivo compartido, archivo al que íbamos alimentando con anécdotas ajenas y propias, al calor de una copa de ron, de risas, de lágrimas, de ilusiones, de miedos propios de la incertidumbre.

Miranda nos enseñó a encontrar nuestra propia voz como escritores, nos salvó del tedio natural del encierro y nos dio el sueño y la libertad de poder hablar de todo aquello que algunos, a fuerza de odio, quieren ocultar.

El agradecimiento es una de las mayores fuerzas que tenemos como seres humanos, es la chispa que nos fortalece cuando somos reconocidos en cualquier situación. Sería injusto dejar de lado a todas esas personas que hicieron posible el sueño de "descubrir a nuestra amada Miranda". Sin embargo, queremos destacar la participación de las siguientes personas:

A Juli y Caro, nuestros hijos y primeros lectores del manuscrito que después se convirtió en este libro. Sin sus sugerencias y sin su aliento no sería lo mismo.

Al Moquegua Team, Nelson, Rafaella, Ximena y Nando, gracias por su magia e inspiración, por el honor de haberlos conocido y porque en Moquegua, aún sin saberlo, se sembraba la primera semilla de esta historia.

A Nando López por obsequiarnos un prólogo hermoso e inspirador y por aventurarse a creer en este proyecto. Por ser la voz visible para los que a veces no tienen voz.

A Dexter y Humo, nuestros gatos, por su leal compañía a la hora de escribir. Y a esa copa de ron que compartimos y que no podía faltar en nuestra mesa durante las numerosas horas que tecleamos a un solo compás.

Nunca olvidaremos las incontables caminatas para ir a tomar café, tomados de la mano, llenos de ilusión, creando los personajes y las situaciones que darían forma a esta historia. Gracias también a los proyectos que quedaron de lado para darle prioridad a nuestra primera hija literaria.

A Marino Zuluaga, el mejor papá y suegro, por la carta escrita a mano hace más de treinta años y que se incluyó en esta historia. Porque el amor verdadero no perece y traspasa fronteras, incluso las de la muerte.

A Fernando Rojas, Alejandra Sanabria y a Panamericana Editorial por apostarle a este proyecto. Nos sentimos orgullosos de hacer parte de la casa de los autores colombianos.

Gracias a todas aquellas valientes que se atrevieron a dar sus testimonios para enriquecer esta historia. Y a todas las Mirandas del mundo por su valentía, a las visibles y a las que siguen en la penumbra.

GIOVANNA ZULUAGA

La autora

Es ingeniera civil, escritora y locutora colombiana. Desde niña conoció el amor por la literatura. Aunque su profesión la llevó por otros caminos, esas experiencias influenciaron su obra.

Está casada con el amor de su vida, un hombre a quien admira y con el que se atrevió a escribir un libro a cuatro manos. Tiene un hijo, su orgullo, su brújula moral y su motor para ser mejor.

Ama los días fríos, el café en todas sus presentaciones y el suave ronroneo de sus gatos, Humo y Dexter. Sus géneros favoritos son la novela histórica y la policiaca.

Ha publicado dos libros, uno con una editorial independiente colombiana y otro con una editorial española. Ha colaborado con diversos medios digitales escribiendo artículos y poesía.

Con *Descubriendo a Miranda* incursiona en la literatura juvenil y ha quedado tan enamorada del género que se encuentra trabajando en otra obra para jóvenes.

Antonio Ortiz

El autor

Escritor colombiano, nació en Bogotá, Colombia. Estudió Literatura Inglesa en la Universidad de Arkansas (Little Rock, AR, EE. UU.) y cuenta con una maestría en Lingüística Aplicada de la Universidad de Victoria (Victoria, CB, Canadá). Amante de la narración, artista de voz, actor de doblaje y locutor. Siempre ha buscado la forma de llevarles historias a los jóvenes de Latinoamérica porque cree que la adolescencia es la etapa más difícil del ser humano.

Desde muy temprana edad mostró su gusto por la poesía y creció leyendo las historias de Dickens, Shaw y Hemingway. Ha sido profesor de Lengua y Literatura por más de dos décadas en algunos de los colegios más prestigiosos de Colombia, en donde ha podido ser testigo de primera mano de sucesos insólitos que involucran a padres e hijos.

Antonio Ortiz está casado con el amor de su vida, Giovanna Zuluaga, su compañera de letras, música y viajes, con quien ha escrito *Descubriendo a Miranda*. Antonio es el primer autor de Colombia que escribe novelas sobre la problemática adolescente. *Maleducada*, su primera obra, se ha convertido en un *bestseller* y en un referente de la literatura juvenil, llegando a miles y miles de estudiantes en diferentes países y transformando las vidas de aquellos que lo leen.

Presentaciones en Guatemala, Panamá, Perú y Colombia han posicionado a Antonio como un conferencista de familia al que hay que escuchar. Sus obras *La extraña en mí, Lo que nunca te dije* y *Un silencio prohibido* son testimonios reales que buscan abrir espacios de debate y reflexión tanto en el entorno escolar como en el familiar.

Escanea este código QR para escuchar la banda sonora de *Descubriendo a Miranda*.

En este libro se emplearon las familias tipográficas
Mr Eaves Mod OT 14 y Amatic SC 22 puntos.
Se imprimió en papel Ivory de 80 gramos.